LE SILENCE DE LA MER

Paru au Livre de Poche :

LES ANIMAUX DÉNATURÉS

VERCORS

Le Silence de la mer

et autres récits

ÉDITION ÉTABLIE ET PRÉSENTÉE PAR ALAIN RIFFAUD

ALBIN MICHEL

Alain Riffaud a publié une anthologie des œuvres de Vercors (Omnibus, 2002), plusieurs inédits, parmi lesquels des souvenirs d'enfance (*Le Petit Louis*, Portaparole, 2017), ainsi qu'une biographie de l'auteur du *Silence de la mer* (Portaparole, 2016). Il est à l'origine du fonds Vercors déposé à la bibliothèque Jacques-Doucet à Paris. Par ailleurs spécialiste du livre au XVIIe siècle, il a participé à l'édition des œuvres de Molière parue à la Bibliothèque de la Pléiade (Gallimard, 2010) et a publié *L'Aventure éditoriale du théâtre français au XVIIe siècle* (Presses de l'université Paris-Sorbonne, 2018).

Tous les documents reproduits dans le livre proviennent
du fonds Vercors, sauf les photos des pages 211 et 214 créditées
© Robert Doisneau/Rapho.

© Éditions Albin Michel, 1951.
© Librairie Générale Française, 2018, pour le préambule et le dossier.
ISBN : 978-2-253-07375-8 – 1re publication LGF

Préambule

Jean Bruller, dit Vercors, naquit le 26 février 1902, jour du centenaire de Victor Hugo. C'était le fils d'un émigré hongrois venu de Budapest à pied, à l'âge de quinze ans, pour rejoindre le pays de la liberté. En 1921, Jean Bruller débuta une carrière de dessinateur. Jusqu'à la Seconde Guerre mondiale, il publia dans des revues et conçut des albums dessinés à tirage limité.

Bouleversé par la défaite de 1940, écœuré par la trahison des classes dirigeantes, il décida de ne plus rien publier sous l'Occupation. Préoccupé par l'attitude d'écrivains déshonorant la France, ainsi que par la propagande allemande et vichyste, il était convaincu que la presse clandestine était une arme de combat. En 1941, avec son ami Pierre de Lescure, il créa les Éditions de Minuit. La nouvelle *Le Silence de la mer,* parue le 20 février 1942, sous le pseudonyme de Vercors, fut le premier titre des éditions clandestines. Ce récit fit entrer le livre en guerre et devint très vite un symbole de la résistance intellectuelle face à l'occupation allemande. Il prônait la résistance civile en offrant aux écrivains la possibilité de s'exprimer à l'insu de l'ennemi. L'aventure des Éditions de Minuit se poursuivit jusqu'à l'été 1944 avec la publication de vingt-cinq titres, dont *La Marche à l'étoile* de Vercors, parue en 1943. L'entreprise, dont Vercors fut la cheville ouvrière au péril de sa vie, nécessita l'engagement courageux d'imprimeurs, de relieurs, de passeurs. Elle devint le creuset de la résistance pour les écrivains qui refusèrent de se soumettre à l'occupant allemand et au régime de Vichy. Les Éditions de Minuit assurèrent ainsi pendant la guerre la continuité des Lettres françaises en sauvant leur honneur.

Après la guerre, Vercors se consacra à l'écriture de romans et d'essais à la recherche d'un nouvel humanisme. Son objectif était de définir la qualité d'homme, qu'il conçut comme une nécessaire sédition de l'état de nature, ainsi que le montre son roman le plus célèbre, *Les Animaux dénaturés* (1952). Vercors s'éteignit à Paris le 10 juin 1991.

SOMMAIRE

1. La Métamorphose, en guise de préface au *Silence de la mer* 11
2. Le Silence de la mer 17
3. Désespoir est mort 61
4. La Marche à l'étoile 73
5. Le Songe 127
6. L'Impuissance 143
7. Le Cheval et la Mort 157
8. L'Imprimerie de Verdun 165
9. Ce jour-là 199

Dossier 209
Note sur la présente édition 247
Bibliographie 249

LA MÉTAMORPHOSE[1]

---

1. Ce « conte en guise de préface » était destiné à la deuxième édition clandestine du *Silence de la mer*. Il ne fut pas publié : il apparut alors comme prématuré de faire savoir au public que l'auteur n'était pas un écrivain de profession (note de Vercors).

La faute en fut peut-être à Rainer Maria Rilke, – à la lecture qu'il en fit certain jour où chaque mot semblait lui dicter son devoir.

Il allait parfois à Paris – le moins possible. Paris en ce temps-là le désespérait. Paris l'écœurait. Non pas notre Paris, ni le vôtre ni le mien. Mais ce Paris qu'ils avaient fait. En revenant chez lui il pensait :

Est-il possible que ce soit tout ce qui reste ? Ces drapeaux maintenant pendent partout. Les gens ne semblent pas les voir. Mais c'est peut-être l'habitude, c'est peut-être pour les avoir déjà trop vus. Est-il possible qu'ils ne sursautent pas, qu'ils ne pleurent pas, qu'ils ne crient pas ?

Oui, c'est possible.

Est-il possible que dans maintes boutiques on soit plus aimables avec *eux* qu'avec nous ? On nous y répond : « Plus rien », et si nous insistons on nous met dehors, et si nous insistons on va chercher la police. Est-il possible que ce qui est dissimulé dans l'arrière-boutique ne soit pas pour nous mais pour *eux*, – avec grands saluts et sourires à la clé ?

Oui, c'est possible.

Est-il possible qu'il se trouve tant de gens pour penser : « Je puis voler ce Juif puisque c'est permis. C'est même recommandé », et pour se regarder ensuite dans un miroir avec complaisance ?

Et tant d'autres encore pour se dire : « Laissons les imbéciles se battre et mourir pour ces sottises. En quoi me regardent-elles, puisque je vis bien et remplis mes poches ? »

Oui, c'est possible.

Est-il possible que ce visage de Paris et de la France, qui n'est pas le vrai, soit le seul que le monde puisse voir ? Que ce soit seulement ce morceau de profil gangrené, tandis que l'autre, le profil hautain et pur, reste dissimulé dans l'ombre et le silence, enfoui dans les voiles de la pudeur qui eussent bien plutôt dû dérober aux regards cette tumeur dégoûtante ?

Oui, c'est possible.

Est-il possible que tous ces éditeurs, sur un seul signe, avant même un seul signe, se soient précipités dans les antichambres afin d'y prendre des ordres ? Et qu'ils y aient rencontré tant d'écrivains ?

Et encore : que les autres n'aient trouvé qu'à se taire, ou à parler si bas qu'à peine on pût les entendre ?

Oui, c'est possible.

Et de s'être ainsi posé ces questions sous la forme même où Malte Laurids Brigge se posa les siennes, qui pour être plus éternelles n'en étaient pas plus poignantes, comment eût-il pu en refuser la réponse ?

« Mais si tout cela est possible, si tout cela n'a même qu'un semblant de possibilité, mais alors il faudrait, pour l'amour de tout au monde, il faudrait que quelque chose arrivât. Le premier venu, celui qui a eu ces pensées inquiétantes, doit commencer à faire quelque chose de ce qui a été négligé ; si quelconque soit-il, si peu désigné, *puisqu'il n'y en a pas d'autre*. Ce Brigge, cet étranger, ce jeune homme insignifiant devra s'asseoir et, à son cinquième étage, devra écrire, écrire jour et nuit. Oui, il devra écrire, c'est ainsi que cela finira[1]. »

---

1. Vercors cite Rainer Maria Rilke, *Les Carnets de Malte Laurids Brigge* (note de l'éditeur).

LE SILENCE DE LA MER

*À la mémoire de Saint-Pol-Roux
Poète assassiné.*

Il fut précédé par un grand déploiement d'appareil militaire. D'abord deux troufions, tous deux très blonds, l'un dégingandé et maigre, l'autre carré, aux mains de carrier. Ils regardèrent la maison, sans entrer. Plus tard vint un sous-officier. Le troufion dégingandé l'accompagnait. Ils me parlèrent, dans ce qu'ils supposaient être du français. Je ne comprenais pas un mot. Pourtant je leur montrai les chambres libres. Ils parurent contents.

Le lendemain matin, un torpédo militaire, gris et énorme, pénétra dans le jardin. Le chauffeur et un jeune soldat mince, blond et souriant, en extirpèrent deux caisses, et un gros ballot entouré de toile grise. Ils montèrent le tout dans la chambre la plus vaste. Le torpédo repartit, et quelques heures plus tard j'entendis une cavalcade. Trois cavaliers apparurent. L'un d'eux mit pied à terre et s'en fut visiter le vieux bâtiment de pierre. Il revint, et tous, hommes et chevaux, entrèrent dans la grange qui me sert d'atelier. Je vis plus tard qu'ils avaient enfoncé le valet de mon établi entre deux pierres, dans un trou du mur, attaché une corde au valet, et les chevaux à la corde.

Pendant deux jours il ne se passa plus rien. Je ne vis plus personne. Les cavaliers sortaient de bonne heure avec leurs chevaux, ils les ramenaient le soir, et eux-mêmes couchaient dans la paille dont ils avaient garni la soupente.

Puis, le matin du troisième jour, le grand torpédo revint. Le jeune homme souriant chargea une cantine spacieuse sur son épaule et la porta dans la chambre. Il prit ensuite son sac qu'il déposa dans la chambre voisine. Il descendit et, s'adressant à ma nièce dans un français correct, demanda des draps.

Ce fut ma nièce qui alla ouvrir quand on frappa. Elle venait de me servir mon café, comme chaque soir (le café me fait dormir) J'étais assis au fond de la pièce, relativement dans l'ombre. La porte donne sur le jardin, de plain-pied. Tout le long de la maison court un trottoir de carreaux rouges très commode quand il pleut. Nous entendîmes marcher, le bruit des talons sur le carreau. Ma nièce me regarda et posa sa tasse. Je gardai la mienne dans mes mains.

Il faisait nuit, pas très froid : ce novembre-là ne fut pas très froid. Je vis l'immense silhouette, la casquette plate, l'imperméable jeté sur les épaules comme une cape.

Ma nièce avait ouvert la porte et restait silencieuse. Elle avait rabattu la porte sur le mur, elle se tenait elle-même contre le mur, sans rien regarder. Moi je buvais mon café, à petits coups.

L'officier, à la porte, dit : « S'il vous plaît. » Sa tête fit un petit salut. Il sembla mesurer le silence. Puis il entra.

La cape glissa sur son avant-bras, il salua militairement et se découvrit. Il se tourna vers ma nièce, sourit discrètement en inclinant très légèrement le buste. Puis il me fit face et m'adressa une révérence plus grave. Il dit : « Je me nomme Werner von Ebrennac. » J'eus le temps de penser, très vite : « Le nom n'est pas allemand. Descendant d'émigré protestant ? » Il ajouta : « Je suis désolé. »

Le dernier mot, prononcé en traînant, tomba dans le silence. Ma nièce avait fermé la porte et restait adossée au mur, regardant droit devant elle. Je ne m'étais pas levé. Je déposai lentement ma tasse vide sur l'harmonium et croisai mes mains et attendis.

L'officier reprit : « Cela était naturellement nécessaire. J'eusse évité si cela était possible. Je pense mon ordonnance fera tout pour votre tranquillité. » Il était debout au milieu de la pièce. Il était immense et très mince. En levant le bras il eût touché les solives.

Sa tête était légèrement penchée en avant, comme si le cou n'eût pas été planté sur les épaules, mais à la naissance de la poitrine. Il n'était pas voûté, mais cela faisait comme s'il l'était. Ses hanches et ses épaules étroites étaient impressionnantes. Le visage était beau. Viril et marqué de deux grandes dépressions le long des joues. On ne voyait pas les yeux, que cachait l'ombre portée de l'arcade. Ils me parurent clairs. Les cheveux étaient blonds et souples, jetés en arrière, brillant soyeusement sous la lumière du lustre.

Le silence se prolongeait. Il devenait de plus en plus épais, comme le brouillard du matin. Épais et immobile. L'immobilité de ma nièce, la mienne aussi sans doute, alourdissaient ce silence, le rendaient de plomb. L'officier lui-même, désorienté, restait immobile, jusqu'à ce qu'enfin je visse naître un sourire sur ses lèvres. Son sourire était grave et sans nulle trace d'ironie. Il ébaucha un geste de la main, dont la signification m'échappa. Ses yeux se posèrent sur ma nièce, toujours raide et droite, et je pus regarder moi-même à loisir le profil puissant, le nez proéminent et mince. Je voyais, entre les lèvres mi-jointes, briller une dent d'or. Il détourna enfin les yeux et regarda le feu dans la cheminée et dit : « J'éprouve un grand estime pour les personnes qui aiment leur patrie », et il leva brusquement la tête et fixa l'ange sculpté au-dessus de la fenêtre. « Je pourrais maintenant monter à ma chambre, dit-il. Mais je ne connais pas le chemin. » Ma nièce ouvrit la porte qui donne sur le petit escalier et commença de gravir les marches, sans un regard pour l'officier, comme si elle eût été seule. L'officier la suivit. Je vis alors qu'il avait une jambe raide.

Je les entendis traverser l'antichambre, les pas de l'Allemand résonnèrent dans le couloir, alternativement forts et faibles, une porte s'ouvrit, puis se referma. Ma nièce revint. Elle reprit sa tasse et continua de boire son café. J'allumai une pipe. Nous restâmes silencieux quelques minutes. Je dis : « Dieu merci, il a l'air convenable. » Ma nièce haussa les épaules. Elle attira sur ses genoux ma veste de velours et termina la pièce invisible qu'elle avait commencé d'y coudre.

Le lendemain matin l'officier descendit quand nous prenions notre petit déjeuner dans la cuisine. Un autre escalier y mène et je ne sais si l'Allemand nous avait entendus ou si ce fut par hasard qu'il prit ce chemin. Il s'arrêta sur le seuil et dit : « J'ai passé une très bonne nuit. Je voudrais que la vôtre fusse aussi bonne ». Il regardait la vaste pièce en souriant. Comme nous avions peu de bois et encore moins de charbon, je l'avais repeinte, nous y avions amené quelques meubles, des cuivres et des assiettes anciennes, afin d'y confiner notre vie pendant l'hiver. Il examinait cela et l'on voyait luire le bord de ses dents très blanches. Je vis que ses yeux n'étaient pas bleus comme je l'avais cru, mais dorés. Enfin, il traversa la pièce et ouvrit la porte sur le jardin. Il fit deux pas et se retourna pour regarder notre longue maison basse, couverte de treilles, aux vieilles tuiles brunes. Son sourire s'ouvrit largement.

— Votre vieux maire m'avait dit que je logerais au château, dit-il en désignant d'un revers de main la prétentieuse bâtisse que les arbres dénudés laissaient apercevoir, un peu plus haut sur le coteau. Je féliciterai mes hommes qu'ils se sont trompés. Ici c'est un beaucoup plus beau château.

Puis il referma la porte, nous salua à travers les vitres, et partit.

Il revint le soir à la même heure que la veille. Nous prenions notre café. Il frappa mais n'attendit pas que ma nièce lui ouvrît. Il ouvrit lui-même : « Je crains que je vous dérange, dit-il. Si vous le préférez, je passerai par la cuisine : alors vous fermerez cette porte à clef. » Il traversa la pièce, et resta un moment la main sur la poignée, regardant les divers coins du fumoir. Enfin il eut une petite inclinaison du buste : « Je vous souhaite une bonne nuit », et il sortit.

Nous ne fermâmes jamais la porte à clef. Je ne suis pas sûr que les raisons de cette abstention fussent très claires ni très pures. D'un accord tacite nous avions décidé, ma nièce et moi, de ne rien changer à notre vie, fût-ce le moindre détail : comme si l'officier n'existait pas ; comme s'il eût été un fantôme. Mais il se peut qu'un autre sentiment se mêlât dans mon cœur à cette volonté : je ne puis sans souffrir offenser un homme, fût-il mon ennemi.

Pendant longtemps, – plus d'un mois, – la même scène se répéta chaque jour. L'officier frappait et entrait. Il prononçait quelques mots sur le temps, la température, ou quelque autre sujet de même importance : leur commune propriété étant qu'ils ne supposaient pas de réponse. Il s'attardait toujours un peu au seuil de la petite porte. Il regardait autour de lui. Un très léger sourire traduisait le plaisir qu'il semblait prendre à cet examen, – le même examen chaque jour et le même plaisir. Ses yeux s'attardaient sur le profil incliné de ma nièce, immanquablement sévère et insensible, et quand enfin il détournait son regard j'étais sûr d'y pouvoir lire une sorte d'approbation souriante. Puis il disait en s'inclinant : « Je vous souhaite une bonne nuit », et il sortait.

Les choses changèrent brusquement un soir. Il tombait au-dehors une neige fine mêlée de pluie, terriblement glaciale et mouillante. Je faisais brûler dans l'âtre des bûches épaisses que je conservais pour ces jours-là. Malgré moi j'imaginais l'officier, dehors, l'aspect saupoudré qu'il aurait en entrant. Mais il ne vint pas. L'heure était largement passée de sa venue et je m'agaçais de reconnaître qu'il occupait ma pensée. Ma nièce tricotait lentement, d'un air très appliqué.

Enfin des pas se firent entendre. Mais ils venaient de l'intérieur de la maison. Je reconnus, à leur bruit inégal, la démarche de l'officier. Je compris qu'il était entré par l'autre porte, qu'il venait de sa chambre. Sans doute n'avait-il pas voulu paraître à nos yeux sous un uniforme trempé et sans prestige : il s'était d'abord changé.

Les pas, – un fort, un faible, – descendirent l'escalier. La porte s'ouvrit et l'officier parut. Il était en civil. Le pantalon était d'épaisse flanelle grise, la veste de tweed bleu acier enchevêtré de mailles d'un brun chaud. Elle était large et ample, et tombait avec un négligé plein d'élégance. Sous la veste, un chandail de grosse laine écrue moulait le torse mince et musclé.

— Pardonnez-moi, dit-il. Je n'ai pas chaud. J'étais très mouillé et ma chambre est très froide. Je me chaufferai quelques minutes à votre feu.

Il s'accroupit avec difficulté devant l'âtre, tendit les mains. Il les tournait et les retournait. Il disait : « Bien !... Bien !... » Il pivota et présenta son dos à la flamme, toujours accroupi et tenant un genou dans ses bras.

— Ce n'est rien ici, dit-il. L'hiver en France est une douce saison. Chez moi c'est bien dur. Très. Les arbres sont des sapins, des forêts serrées, la neige est lourde là-dessus. Ici les arbres sont fins. La neige dessus c'est une dentelle. Chez moi on pense à un taureau, trapu et puissant, qui a besoin de sa force pour vivre. Ici c'est l'esprit, la pensée subtile et poétique.

Sa voix était assez sourde, très peu timbrée. L'accent était léger, marqué seulement sur les consonnes dures. L'ensemble ressemblait à un bourdonnement plutôt chantant.

Il se leva. Il appuya l'avant-bras sur le linteau de la haute cheminée, et son front sur le dos de sa main. Il était si grand qu'il devait se courber un peu, moi je ne me cognerais pas même le sommet de la tête.

Il demeura sans bouger assez longtemps, sans bouger et sans parler. Ma nièce tricotait avec une vivacité mécanique. Elle ne jeta pas les yeux sur lui, pas une fois. Moi je fumais, à demi allongé dans mon grand fauteuil douillet. Je pensais que la pesanteur de notre silence ne pourrait pas être secouée. Que l'homme allait nous saluer et partir.

Mais le bourdonnement sourd et chantant s'éleva de nouveau, on ne peut dire qu'il rompit le silence, ce fut plutôt comme s'il en était né.

— J'aimai toujours la France, dit l'officier sans bouger. Toujours. J'étais un enfant à l'autre guerre et ce que je pensais alors ne compte pas. Mais depuis je l'aimai toujours. Seulement c'était de loin. Comme la Princesse Lointaine. » Il fit une pause avant de dire gravement : « À cause de mon père. »

Il se retourna et, les mains dans les poches de sa veste, s'appuya le long du jambage. Sa tête cognait un peu sur la console. De temps en temps il s'y frottait lentement l'occipital, d'un mouvement naturel de cerf. Un fauteuil était là offert, tout près. Il ne s'y assit pas. Jusqu'au dernier jour, il ne s'assit jamais. Nous ne le lui offrîmes pas et il ne fit rien, jamais, qui pût passer pour de la familiarité.

Il répéta :

— À cause de mon père. Il était un grand patriote. La défaite a été une violente douleur. Pourtant il aima la France. Il aima Briand, il croyait dans la République de Weimar et dans Briand. Il était très enthousiaste. Il disait : « Il va nous unir, comme mari et femme. » Il pensait que le soleil allait enfin se lever sur l'Europe...

En parlant il regardait ma nièce. Il ne la regardait pas comme un homme regarde une femme, mais comme il regarde une statue. Et en fait, c'était bien une statue. Une statue animée, mais une statue.

— ... Mais Briand fut vaincu. Mon père vit que la France était encore menée par vos Grands Bourgeois cruels, – les gens comme vos de Wendel, vos Henry Bordeaux et votre vieux Maréchal. Il me dit : « Tu ne devras jamais aller en France avant d'y pouvoir entrer botté et casqué. » Je dus le promettre, car il était près de la mort. Au moment de la guerre, je connaissais toute l'Europe, sauf la France.

Il sourit et dit, comme si cela avait été une explication :

— Je suis musicien.

Une bûche s'effondra, des braises roulèrent hors du foyer. L'Allemand se pencha, ramassa les braises avec des pincettes. Il poursuivit :

— Je ne suis pas exécutant : je compose de la musique. Cela est toute ma vie, et, ainsi, c'est une drôle de figure pour moi de me voir en homme de guerre. Pourtant je ne regrette pas cette guerre. Non. Je crois que de ceci il sortira de grandes choses...

Il se redressa, sortit ses mains des poches et les tint à demi levées :

— Pardonnez-moi : peut-être j'ai pu vous blesser. Mais ce que je disais, je le pense avec un très bon cœur : je le pense par amour pour la France. Il sortira de très grandes choses pour l'Allemagne et pour la France. Je pense, après mon père, que le soleil va luire sur l'Europe.

Il fit deux pas et inclina le buste. Comme chaque soir il dit : « Je vous souhaite une bonne nuit. » Puis il sortit.

Je terminai silencieusement ma pipe. Je toussai un peu et je dis : « C'est peut-être inhumain de lui refuser l'obole d'un seul mot. » Ma nièce leva son visage. Elle haussait très haut les sourcils, sur des yeux brillants et indignés. Je me sentis presque un peu rougir.

Depuis ce jour, ce fut le nouveau mode de ses visites. Nous ne le vîmes plus que rarement en tenue. Il se changeait d'abord et frappait ensuite à notre porte. Était-ce pour nous épargner la vue de l'uniforme ennemi ? Ou pour nous le faire oublier, – pour nous habituer à sa personne ? Les deux, sans doute. Il frappait, et entrait sans attendre une réponse qu'il savait que nous ne donnerions pas. Il le faisait avec le plus candide naturel, et venait se chauffer au feu, qui était le prétexte constant de sa venue – un prétexte dont ni lui ni nous n'étions dupes, dont il ne cherchait pas même à cacher le caractère commodément conventionnel.

Il ne venait pas absolument chaque soir, mais je ne me souviens pas d'un seul où il nous quittât sans avoir parlé. Il se penchait sur le feu et, tandis qu'il offrait à la chaleur de la flamme quelque partie de lui-même, sa voix bourdonnante s'élevait doucement, et ce fut au long de ces soirées, sur les sujets qui habitaient son cœur, – son pays, la musique, la France, – un interminable monologue ; car pas une fois il ne tenta d'obtenir de nous une réponse, un acquiescement, ou même un regard. Il ne parlait pas longtemps, – jamais beaucoup plus longtemps que le premier soir. Il prononçait quelques phrases, parfois brisées de silences, parfois s'enchaînant avec la continuité monotone d'une prière. Quelquefois immobile contre la cheminée, comme une cariatide, quelquefois s'approchant, sans s'interrompre, d'un objet, d'un dessin au mur. Puis il se taisait, il s'inclinait et nous souhaitait une bonne nuit.

Il dit une fois (c'était dans les premiers temps de ses visites) :

— Où est la différence entre un feu de chez moi et celui-ci ? Bien sûr le bois, la flamme, la cheminée se ressemblent. Mais non la lumière. Celle-ci dépend des objets qu'elle éclaire, – des habitants de ce fumoir, des meubles, des murs, des livres sur les rayons...

« Pourquoi aimé-je tant cette pièce ? dit-il pensivement. Elle n'est pas si belle, – pardonnez-moi !... » Il rit : « Je veux dire : ce n'est pas une pièce de musée... Vos meubles, on ne dit pas : voilà des merveilles... Non... Mais cette pièce a une âme. Toute cette maison a une âme. »

Il était devant les rayons de la bibliothèque. Ses doigts suivaient les reliures d'une caresse légère.

— « ... Balzac, Barrès, Baudelaire, Beaumarchais, Boileau, Buffon... Chateaubriand, Corneille, Descartes, Fénelon, Flaubert... La Fontaine, France, Gautier, Hugo... Quel appel ! » dit-il avec un rire léger et hochant la tête. « Et je n'en suis qu'à la lettre H !... Ni Molière, ni Rabelais, ni Racine, ni Pascal, ni Stendhal, ni Voltaire, ni Montaigne, ni tous les autres !... » Il continuait de glisser lentement le long des livres, et de temps en temps il laissait échapper un imperceptible « Ha ! », quand, je suppose, il lisait un nom auquel il ne songeait pas. « Les Anglais, reprit-il, on pense aussitôt : Shakespeare. Les Italiens : Dante. L'Espagne : Cervantès. Et nous, tout de suite : Goethe. Après, il faut chercher. Mais si on dit : et la France ? Alors, qui surgit à l'instant ? Molière ? Racine ? Hugo ? Voltaire ? Rabelais ? ou quel autre ? Ils se pressent, ils sont comme une foule à l'entrée d'un théâtre, on ne sait pas qui faire entrer d'abord.

Il se retourna et dit gravement :

— Mais pour la musique, alors c'est chez nous : Bach, Haendel, Beethoven, Wagner, Mozart... quel nom vient le premier ?

« Et nous nous sommes fait la guerre ! » dit-il lentement en remuant la tête. Il revint à la cheminée et ses yeux souriants se posèrent sur le profil de ma nièce. « Mais c'est la dernière ! Nous ne nous battrons plus : nous nous marierons ! » Ses paupières se plissèrent, les dépressions sous les pommettes se marquèrent de deux longues fossettes, les dents blanches apparurent. Il dit gaiement : « Oui, oui ! » Un petit hochement de tête répéta l'affirmation. « Quand nous sommes entrés à Saintes, poursuivit-il après un silence, j'étais heureux que la population nous recevait bien. J'étais très heureux. Je pensais : Ce sera facile. Et puis, j'ai vu que ce n'était pas cela du tout, que c'était la lâcheté. » Il était devenu grave. « J'ai méprisé ces gens. Et j'ai craint pour la France. Je pensais : Est-elle *vraiment* devenue ainsi ? » Il secoua la tête : « Non ! Non ! Je l'ai vu ensuite ; et maintenant, je suis heureux de son visage sévère. »

Son regard se porta sur le mien – que je détournai, – il s'attarda un peu en divers points de la pièce, puis retourna sur le visage, impitoyablement insensible, qu'il avait quitté.

— Je suis heureux d'avoir trouvé ici un vieil homme digne. Et une demoiselle silencieuse. Il faudra vaincre ce silence. Il faudra vaincre le silence de la France. Cela me plaît.

Il regardait ma nièce, le pur profil têtu et fermé, en silence et avec une insistance grave, où flottaient encore pourtant les restes d'un sourire. Ma nièce le sentait. Je la voyais légèrement rougir, un pli peu à peu s'inscrire entre ses sourcils. Ses doigts tiraient un peu trop vivement, trop sèchement sur l'aiguille, au risque de rompre le fil.

— Oui, reprit la lente voix bourdonnante, c'est mieux ainsi. Beaucoup mieux. Cela fait des unions solides, – des unions où chacun gagne de la grandeur... Il y a un très joli conte pour les enfants, que j'ai lu, que vous avez lu, que tout le monde a lu. Je ne sais si le titre est le même dans les deux pays. Chez moi il s'appelle : *Das Tier und die Schöne*, – la Belle et la Bête. Pauvre Belle ! La Bête la tient à merci, – impuissante et prisonnière, – elle lui impose à toute heure du jour son implacable et pesante présence... La Belle est fière, digne, – elle s'est faite dure... Mais la Bête vaut mieux qu'elle ne semble. Oh ! elle n'est pas très dégrossie ! Elle est maladroite, brutale, elle paraît bien rustre auprès de la Belle si fine !... Mais elle a du cœur, oui, elle a une âme qui aspire à s'élever. Si la Belle voulait !... La Belle met longtemps à vouloir. Pourtant, peu à peu, elle découvre au fond des yeux du geôlier haï une lueur, – un reflet où peuvent se lire la prière et l'amour. Elle sent moins la patte pesante, moins les chaînes de sa prison... Elle cesse de haïr, cette constance la touche, elle tend la main... Aussitôt la Bête se transforme, le sortilège qui la maintenait dans ce pelage barbare est dissipé : c'est maintenant un chevalier très beau et très pur, délicat et cultivé, que chaque baiser de la Belle pare de qualités toujours plus rayonnantes... Leur union détermine un bonheur sublime. Leurs enfants, qui additionnent et mêlent les dons de leurs parents, sont les plus beaux que la terre ait portés...

« N'aimez-vous pas ce conte ? Moi je l'aimai toujours. Je le relisais sans cesse. Il me faisait pleurer. J'aimais surtout la Bête, parce que je comprenais sa peine. Encore aujourd'hui, je suis ému quand j'en parle. »

Il se tut, respira avec force, et s'inclina :

« Je vous souhaite une bonne nuit. »

Un soir, – j'étais monté dans ma chambre pour y chercher du tabac, – j'entendis s'élever le chant de l'harmonium. On jouait ces « VIIIe Prélude et Fugue » que travaillait ma nièce avant la débâcle. Le cahier était resté ouvert à cette page mais, jusqu'à ce soir-là, ma nièce ne s'était pas résolue à de nouveaux exercices. Qu'elle les eût repris souleva en moi du plaisir et de l'étonnement : quelle nécessité intérieure pouvait bien l'avoir soudain décidée ?

Ce n'était pas elle. Elle n'avait pas quitté son fauteuil ni son ouvrage. Son regard vint à la rencontre du mien, m'envoya un message que je ne déchiffrai pas. Je considérai le long buste devant l'instrument, la nuque penchée, les mains longues, fines, nerveuses, dont les doigts se déplaçaient sur les touches comme des individus autonomes.

Il joua seulement le Prélude. Il se leva, rejoignit le feu.

— « Rien n'est plus grand que cela », dit-il de sa voix sourde qui ne s'éleva pas beaucoup plus haut qu'un murmure. « Grand ?... ce n'est pas même le mot. Hors de l'homme, – hors de sa chair. Cela nous fait comprendre, non : deviner... non : pressentir...

35

pressentir ce qu'est la nature... la nature divine et inconnaissable... la nature... désinvestie... de l'âme humaine. Oui : c'est une musique inhumaine. »

Il parut, dans un silence songeur, explorer sa propre pensée. Il se mordillait lentement une lèvre.

— Bach... Il ne pouvait être qu'Allemand. Notre terre a ce caractère : ce caractère inhumain. Je veux dire : pas à la mesure de l'homme.

Un silence, puis :

— Cette musique-là, je l'aime, je l'admire, elle me comble, elle est en moi comme la présence de Dieu mais... Mais ce n'est pas la mienne.

« Je veux faire, moi, une musique à la mesure de l'homme : cela aussi est un chemin pour atteindre la vérité. C'est *mon* chemin. Je n'en voudrais, je n'en pourrais suivre un autre. Cela, maintenant, je le sais. Je le sais tout à fait. Depuis quand ? Depuis que je vis ici.

Il nous tourna le dos. Il appuya ses mains au linteau, s'y retint par les doigts et offrit son visage à la flamme entre ses avant-bras, comme à travers les barreaux d'une grille. Sa voix se fit plus sourde et plus bourdonnante :

— Maintenant j'ai besoin de la France. Mais je demande beaucoup : je demande qu'elle m'accueille. Ce n'est rien, être chez elle comme un étranger, – un voyageur ou un conquérant. Elle ne donne rien alors, – car on ne peut rien lui prendre. Sa richesse, sa haute richesse, on ne peut la conquérir. Il faut la boire à son sein, il faut qu'elle vous offre son sein dans un mouvement et un sentiment maternels... Je sais bien que cela dépend de nous... Mais cela dépend d'elle aussi. Il faut qu'elle accepte de comprendre notre soif, et qu'elle accepte de l'étancher… qu'elle accepte de s'unir à nous.

Il se redressa, sans cesser de nous tourner le dos, les doigts toujours accrochés à la pierre.

— Moi, dit-il un peu plus haut, il faudra que je vive ici, longtemps. Dans une maison pareille à celle-ci. Comme le fils d'un village pareil à ce village… Il faudra…

Il se tut. Il se tourna vers nous. Sa bouche souriait, mais non ses yeux qui regardaient ma nièce.

— Les obstacles seront surmontés, dit-il. La sincérité toujours surmonte les obstacles.

« Je vous souhaite une bonne nuit. »

Je ne puis me rappeler, aujourd'hui, tout ce qui fut dit au cours de plus de cent soirées d'hiver. Mais le thème n'en variait guère. C'était la longue rapsodie de sa découverte de la France : l'amour qu'il en avait de loin, avant de la connaître, et l'amour grandissant chaque jour qu'il éprouvait depuis qu'il avait le bonheur d'y vivre. Et, ma foi, je l'admirais. Oui : qu'il ne se courageât pas. Et que jamais il ne fût tenté de secouer cet implacable silence par quelque violence de langage... Au contraire, quand parfois il laissait ce silence envahir la pièce et la saturer jusqu'au fond des angles comme un gaz pesant et irrespirable, il semblait bien être celui de nous trois qui s'y trouvait le plus à l'aise. Alors il regardait ma nièce, avec cette expression d'approbation à la fois souriante et grave qui avait été la sienne dès le premier jour. Et moi je sentais l'âme de ma nièce s'agiter dans cette prison qu'elle avait elle-même construite, je le voyais à bien des signes dont le moindre était un léger tremblement des doigts. Et quand enfin Werner von Ebrennac dissipait ce silence, doucement et sans heurt par le filtre de sa bourdonnante voix, il semblait qu'il me permît de respirer plus librement.

Il parlait de lui, souvent :

— Ma maison dans la forêt, j'y suis né, j'allais à l'école du village, de l'autre côté ; je ne l'ai jamais quittée, jusqu'à ce que j'étais à Munich, pour les examens, et à Salzbourg, pour la musique. Depuis, j'ai toujours vécu là-bas. Je n'aimais pas les grandes villes. J'ai connu Londres, Vienne, Rome, Varsovie, les villes allemandes naturellement. Je n'aime pas pour vivre. J'aimais seulement beaucoup Prague, – aucune autre ville n'a autant d'âme. Et surtout Nuremberg. Pour un Allemand, c'est la ville qui dilate son cœur, parce qu'il retrouve là les fantômes chers à son cœur, le souvenir dans chaque pierre de ceux qui firent la noblesse de la vieille Allemagne. Je crois que les Français doivent éprouver la même chose, devant la cathédrale de Chartres. Ils doivent aussi sentir tout contre eux la présence des ancêtres, – la grâce de leur âme, la grandeur de leur foi, et leur gentillesse. Le destin m'a conduit sur Chartres. Oh ! vraiment quand elle apparaît, par-dessus les blés mûrs, toute bleue de lointain et transparente, immatérielle, c'est une grande émotion ! J'imaginais les sentiments de ceux qui venaient jadis à elle, à pied, à cheval ou sur des chariots... Je partageais ces sentiments et j'aimais ces gens, et comme je voudrais être leur frère !

Son visage s'assombrit :

— Cela est dur à entendre sans doute d'un homme qui venait sur Chartres dans une grande voiture blindée... Mais pourtant c'est vrai. Tant de choses remuent ensemble dans l'âme d'un Allemand, même le meilleur ! Et dont il aimerait tant qu'on le guérisse... » Il sourit de nouveau, un très léger sourire qui graduellement éclaira tout le visage, puis :

— Il y a dans le château voisin de chez nous, une jeune fille… Elle est très belle et très douce. Mon père toujours se réjouissait si je l'épouserais. Quand il est mort nous étions presque fiancés, on nous permettait de faire de grandes promenades, tous les deux seuls.

Il attendit, pour continuer, que ma nièce eût enfilé de nouveau le fil, qu'elle venait de casser. Elle le faisait avec une grande application, mais le chas était très petit et ce fut difficile. Enfin elle y parvint.

— Un jour, reprit-il, nous étions dans la forêt. Les lapins, les écureuils filaient devant nous. Il y avait toutes sortes de fleurs, – des jonquilles, des jacinthes sauvages, des amaryllis… La jeune fille s'exclamait de joie. Elle dit : « Je suis heureuse, Werner. J'aime, oh ! j'aime ces présents de Dieu ! » J'étais heureux, moi aussi. Nous nous allongeâmes sur la mousse, au milieu des fougères. Nous ne parlions pas. Nous regardions au-dessus de nous les cimes des sapins se balancer, les oiseaux voler de branche en branche. La jeune fille poussa un petit cri : « Oh ! il m'a piquée sur le menton ! Sale petite bête, vilain petit moustique ! » Puis je lui vis faire un geste vif de la main. « J'en ai attrapé un, Werner ! Oh ! regardez, je vais le punir : je lui – arrache – les pattes – l'une – après – l'autre… » et elle le faisait…

« Heureusement, continua-t-il, elle avait beaucoup d'autres prétendants. Je n'eus pas de remords. Mais aussi j'étais effrayé pour toujours à l'égard des jeunes filles allemandes. »

Il regarda pensivement l'intérieur de ses mains et dit :

— Ainsi sont aussi chez nous les hommes politiques. C'est pourquoi je n'ai jamais voulu m'unir à eux, malgré mes camarades qui m'écrivaient : « Venez nous rejoindre. » Non : je préférai rester toujours dans ma maison. Ce n'était pas bon pour le succès de la musique, mais tant pis : le succès est peu de chose, auprès d'une conscience en repos. Et, vraiment, je sais bien que mes amis et notre Führer ont les plus grandes et les plus nobles idées. Mais je sais aussi qu'ils arracheraient aux moustiques les pattes l'une après l'autre. C'est cela qui arrive aux Allemands toujours quand ils sont très seuls : cela remonte toujours. Et qui de plus « seuls » que les hommes du même Parti, quand ils sont les maîtres ?

« Heureusement maintenant ils ne sont plus seuls : ils sont en France. La France les guérira. Et je vais vous le dire : ils le savent. Ils savent que la France leur apprendra à être des hommes vraiment grands et purs. »

Il se dirigea vers la porte. Il dit d'une voix retenue, comme pour lui-même :

— Mais pour cela il faut l'amour.

Il tint un moment la porte ouverte ; le visage tourné sur l'épaule, il regardait la nuque de ma nièce penchée sur son ouvrage, la nuque frêle et pâle d'où les cheveux s'élevaient en torsades de sombre acajou. Il ajouta, sur un ton de calme résolution :

— Un amour partagé.

Puis il détourna la tête, et la porte se ferma sur lui tandis qu'il prononçait d'une voix rapide les mots quotidiens :

« Je vous souhaite une bonne nuit. »

Les longs jours printaniers arrivaient. L'officier descendait maintenant aux derniers rayons du soleil. Il portait toujours son pantalon de flanelle grise, mais sur le buste une veste plus légère en jersey de laine couleur de bure couvrait une chemise de lin au col ouvert. Il descendit un soir, tenant un livre refermé sur l'index. Son visage s'éclairait de ce demi-sourire contenu, qui préfigure le plaisir escompté d'autrui. Il dit :

— J'ai descendu ceci pour vous. C'est une page de MACBETH. Dieux ! Quelle grandeur !

Il ouvrit le livre :

— C'est la fin. La puissance de Macbeth file entre ses doigts, avec l'attachement de ceux qui mesurent enfin la noirceur de son ambition. Les nobles seigneurs qui défendent l'honneur de l'Écosse attendent sa ruine prochaine. L'un d'eux décrit les symptômes dramatiques de cet écroulement...

Et il lut lentement, avec une pesanteur pathétique :

ANGUS

Maintenant il sent ses crimes secrets coller à ses mains. À chaque minute des hommes de cœur révoltés lui reprochent sa mauvaise foi. Ceux qu'il commande obéissent à la crainte et non plus à l'amour. Désormais il voit son titre pendre autour de lui, flottant comme la robe d'un géant sur le nain qui l'a volée.

Il releva la tête et rit. Je me demandais avec stupeur s'il pensait au même tyran que moi. Mais il dit :

— N'est-ce pas là ce qui doit troubler les nuits de votre Amiral ? Je plains cet homme, vraiment, malgré le mépris qu'il m'inspire comme à vous. *Ceux qu'il commande obéissent à la crainte et non plus à l'amour.* Un chef qui n'a pas l'amour des siens est un bien misérable mannequin. Seulement… seulement… pouvait-on souhaiter autre chose ? Qui donc, sinon un aussi morne ambitieux, eût accepté ce rôle ? Or il le fallait. Oui, il fallait quelqu'un qui acceptât de vendre sa patrie parce que, aujourd'hui, – aujourd'hui et pour longtemps, la France ne peut tomber volontairement dans nos bras ouverts sans perdre à ses yeux sa propre dignité. Souvent la plus sordide entremetteuse est ainsi à la base de la plus heureuse alliance. L'entremetteuse n'en est pas moins méprisable, ni l'alliance moins heureuse.

Il fit claquer le livre en le fermant, l'enfonça dans la poche de sa veste et d'un mouvement machinal frappa deux fois cette poche de la paume de la main. Puis son long visage éclairé d'une expression heureuse, il dit :

— Je dois prévenir mes hôtes que je serai absent pour deux semaines. Je me réjouis d'aller à Paris. C'est maintenant le tour de ma permission et je la passerai à Paris, pour la première fois. C'est un grand jour pour moi. C'est le plus grand jour, en attendant un autre que j'espère avec toute mon âme et qui sera encore un plus grand jour. Je saurai l'attendre des années, s'il le faut. Mon cœur a beaucoup de patience.

« À Paris, je suppose que je verrai mes amis, dont beaucoup sont présents aux négociations que nous menons avec vos hommes politiques, pour préparer la merveilleuse union de nos deux peuples. Ainsi je serai un peu le témoin de ce mariage... Je veux vous dire que je me réjouis pour la France, dont les blessures de cette façon cicatriseront très vite, mais je me réjouis bien plus encore pour l'Allemagne et pour moi-même ! Jamais personne n'aura profité de sa bonne action, autant que fera l'Allemagne en rendant sa grandeur à la France et sa liberté !

« Je vous souhaite une bonne nuit. »

Othello

*Éteignons cette lumière, pour ensuite
éteindre celle de sa vie.*

Nous ne le vîmes pas quand il revint.

Nous le savions là, parce que la présence d'un hôte dans une maison se révèle par bien des signes, même lorsqu'il reste invisible. Mais pendant de nombreux jours, – beaucoup plus d'une semaine, – nous ne le vîmes pas.

L'avouerai-je ? Cette absence ne me laissait pas l'esprit en repos. Je pensais à lui, je ne sais pas jusqu'à quel point je n'éprouvais pas du regret, de l'inquiétude. Ni ma nièce ni moi nous n'en parlâmes. Mais lorsque parfois le soir nous entendions là-haut résonner sourdement les pas inégaux, je voyais bien, à l'application têtue qu'elle mettait soudain à son ouvrage, à quelques lignes légères qui marquaient son visage d'une expression à la fois butée et attentive, qu'elle non plus n'était pas exempte de pensées pareilles aux miennes.

Un jour je dus aller à la Kommandantur, pour une quelconque déclaration de pneus. Tandis que je remplissais le formulaire qu'on m'avait tendu, Werner von Ebrennac sortit de son bureau. Il ne me vit pas tout d'abord. Il parlait au sergent, assis à une petite table devant un haut miroir au mur. J'entendais sa voix sourde aux inflexions chantantes et je restais là, bien que je n'eusse plus rien à y faire, sans savoir pourquoi, curieusement ému, attendant je ne sais quel dénouement. Je voyais son visage dans la glace, il me paraissait pâle et tiré. Ses yeux se levèrent, ils tombèrent sur les miens, pendant deux secondes nous nous regardâmes, et brusquement il pivota sur ses talons et me fit face. Ses lèvres s'entrouvrirent et avec lenteur il leva légèrement une main, que presque aussitôt il laissa retomber. Il secoua imperceptiblement la tête avec une irrésolution pathétique, comme s'il se fût dit : non, à lui-même, sans pourtant me quitter des yeux. Puis il esquissa une inclination du buste en laissant glisser son regard à terre, et il regagna, en clochant, son bureau, où il s'enferma.

De cela je ne dis rien à ma nièce. Mais les femmes ont une divination de félin. Tout au long de la soirée elle ne cessa de lever les yeux de son ouvrage, à chaque minute, pour les porter sur moi ; pour tenter de lire quelque chose sur un visage que je m'efforçais de tenir impassible, tirant sur ma pipe avec application. À la fin, elle laissa tomber ses mains, comme fatiguée, et, pliant l'étoffe, me demanda la permission de s'aller coucher de bonne heure. Elle passait deux doigts lentement sur son front comme pour chasser une migraine. Elle m'embrassa et il me sembla lire dans ses beaux yeux gris un reproche et une assez pesante tristesse. Après son départ je me sentis soulevé par une absurde colère : la colère d'être absurde et d'avoir une nièce absurde. Qu'est-ce que c'était que toute cette idiotie ? Mais je ne pouvais pas me répondre. Si c'était une idiotie, elle semblait bien enracinée.

Ce fut trois jours plus tard que, à peine avions-nous vidé nos tasses, nous entendîmes naître, et cette fois sans conteste approcher, le battement irrégulier des pas familiers. Je me rappelai brusquement ce premier soir d'hiver où ces pas s'étaient fait entendre, six mois plus tôt. Je pensai : « Aujourd'hui aussi il pleut. » Il pleuvait durement depuis le matin. Une pluie régulière et entêtée, qui noyait tout à l'entour et baignait l'intérieur même de la maison d'une atmosphère froide et moite. Ma nièce avait couvert ses épaules d'un carré de soie imprimé où dix mains inquiétantes, dessinées par Jean Cocteau, se désignaient mutuellement avec mollesse ; moi je réchauffais mes doigts sur le fourneau de ma pipe, – et nous étions en juillet !

Les pas traversèrent l'antichambre et commencèrent de faire gémir les marches. L'homme descendait lentement, avec une lenteur sans cesse croissante, mais non pas comme un qui hésite : comme un dont la volonté subit une exténuante épreuve. Ma nièce avait levé la tête et elle me regardait, elle attacha sur moi, pendant tout ce temps, un regard transparent et inhumain de grand-duc. Et quand la dernière marche eut crié et qu'un long silence suivit, le regard de ma nièce s'envola, je vis les paupières s'alourdir, la tête s'incliner et tout le corps se confier au dossier du fauteuil avec lassitude.

Je ne crois pas que ce silence ait dépassé quelques secondes. Mais ce furent de longues secondes. Il me semblait voir l'homme, derrière la porte, l'index levé prêt à frapper, et retardant, retardant le moment où, par le seul geste de frapper, il allait engager l'avenir... Enfin il frappa. Et ce ne fut ni avec la légèreté de l'hésitation, ni la brusquerie de la timidité vaincue, ce furent trois coups pleins et lents, les coups assurés et calmes d'une décision sans retour. Je m'attendais à voir comme autrefois la porte aussitôt s'ouvrir. Mais elle resta close, et alors je fus envahi par une incoercible agitation d'esprit, où se mêlait à l'interrogation l'incertitude des désirs contraires, et que chacune des secondes qui s'écoulaient, me semblait-il, avec une précipitation croissante de cataracte, ne faisait que rendre plus confuse et sans issue. Fallait-il répondre ? Pourquoi ce changement ? Pourquoi attendait-il que nous rompions ce soir un silence dont il avait montré par son attitude antérieure combien il en approuvait la salutaire ténacité ? Quels étaient ce soir, – ce soir, – les commandements de la dignité ?

Je regardai ma nièce, pour pêcher dans ses yeux un encouragement ou un signe. Mais je ne trouvai que son profil. Elle regardait le bouton de la porte. Elle le regardait avec cette fixité inhumaine de grand-duc qui m'avait déjà frappé, elle était très pâle et je vis, glissant sur les dents dont apparut une fine ligne blanche, se lever la lèvre supérieure dans une contraction douloureuse ; et moi, devant ce drame intime soudain dévoilé et qui dépassait de si haut le tourment bénin de mes tergiversations, je perdis mes dernières forces. À ce moment deux nouveaux coups furent frappés, – deux seulement, deux coups faibles et rapides, – et ma nièce dit : « Il va partir... » d'une voix basse et si complètement découragée que je n'attendis pas davantage et dis d'une voix claire : « Entrez, monsieur. »

Pourquoi ajoutai-je : monsieur ? Pour marquer que j'invitais l'homme et non l'officier ennemi ? Ou, au contraire, pour montrer que je n'ignorais pas *qui* avait frappé et que c'était bien à celui-là que je m'adressais ? Je ne sais. Peu importe. Il subsiste que je dis : entrez, monsieur ; et qu'il entra.

J'imaginais le voir paraître en civil et il était en uniforme. Je dirais volontiers qu'il était plus que jamais en uniforme, si l'on comprend par là qu'il m'apparut clairement que, cette tenue, il l'avait endossée dans la ferme intention de nous en imposer la vue. Il avait rabattu la porte sur le mur et il se tenait droit dans l'embrasure, si droit et si raide que j'en étais presque à douter si j'avais devant moi le même homme et que, pour la première fois, je pris garde à sa ressemblance surprenante avec l'acteur Louis Jouvet. Il resta ainsi quelques secondes droit, raide et silencieux, les pieds légèrement écartés et les bras tombant sans expression le long du corps, et le visage si froid, si parfaitement impassible, qu'il ne semblait pas que le moindre sentiment pût l'habiter.

Mais moi qui étais assis dans mon fauteuil profond et avais le visage à hauteur de sa main gauche, je voyais cette main, mes yeux furent saisis par cette main et y demeurèrent comme enchaînés, à cause du spectacle pathétique qu'elle me donnait et qui démentait pathétiquement toute l'attitude de l'homme...

J'appris ce jour-là qu'une main peut, pour qui sait l'observer, refléter les émotions aussi bien qu'un visage, — aussi bien et mieux qu'un visage car elle échappe davantage au contrôle de la volonté. Et les doigts de cette main-là se tendaient et se pliaient, se pressaient et s'accrochaient, se livraient à la plus intense mimique tandis que le visage et tout le corps demeuraient immobiles et compassés.

Puis les yeux parurent revivre, ils se portèrent un instant sur moi, – il me sembla être guetté par un faucon, – des yeux luisants entre les paupières écartées et raides, les paupières à la fois fripées et raides d'un être tenu par l'insomnie. Ensuite ils se posèrent sur ma nièce – et ils ne la quittèrent plus.

La main enfin s'immobilisa, tous les doigts repliés et crispés dans la paume, la bouche s'ouvrit (les lèvres en se séparant firent : « Pp... » comme le goulot débouché d'une bouteille vide), et l'officier dit, – sa voix était plus sourde que jamais :

— Je dois vous adresser des paroles graves.

Ma nièce lui faisait face mais elle baissait la tête. Elle enroulait autour de ses doigts la laine d'une pelote, tandis que la pelote se défaisait en roulant sur le tapis ; ce travail absurde était le seul sans doute qui pût encore s'accorder à son attention abolie, – et lui épargner la honte.

L'officier reprit, – l'effort était si visible qu'il semblait que ce fût au prix de sa vie :

— Tout ce que j'ai dit ces six mois, tout ce que les murs de cette pièce ont entendu... » – il respira, avec un effort d'asthmatique, garda un instant la poitrine gonflée... « il faut... » Il respira : « il faut l'oublier ».

La jeune fille lentement laissa tomber ses mains au creux de sa jupe, où elles demeurèrent penchées et inertes comme des barques échouées sur le sable, et lentement elle leva la tête, et alors, pour la première fois, – pour la première fois – elle offrit à l'officier le regard de ses yeux pâles.

Il dit (à peine si je l'entendis) : *Oh welch'ein Licht !*, pas même un murmure ; et comme si en effet ses yeux n'eussent pas pu supporter cette lumière, il les cacha derrière son poignet. Deux secondes ; puis il laissa retomber sa main, mais il avait baissé les paupières et ce fut à lui désormais de tenir ses regards à terre...

Ses lèvres firent : « Pp... » et il prononça, – la voix était sourde, sourde, sourde :

— J'ai vu ces hommes victorieux.

Puis, après quelques secondes, d'une voix plus basse encore :

— Je leur ai parlé. » Et enfin dans un murmure, avec une lenteur amère :

— Ils ont ri de moi.

Il leva les yeux sur ma personne et avec gravité hocha trois fois imperceptiblement la tête. Les yeux se fermèrent, puis :

— Ils ont dit : « Vous n'avez pas compris que nous les bernons ? » Ils ont dit cela. Exactement. *Wir prellen sie*. Ils ont dit : « Vous ne supposez pas que nous allons sottement laisser la France se relever à notre frontière ? Non ? » Ils rirent très fort. Ils me frappaient joyeusement le dos en regardant ma figure : « Nous ne sommes pas des musiciens ! »

Sa voix marquait, en prononçant ces derniers mots, un obscur mépris, dont je ne sais s'il reflétait ses propres sentiments à l'égard des autres, ou le ton même des paroles de ceux-ci.

— Alors j'ai parlé longtemps, avec beaucoup de véhémence. Ils faisaient : « Tst ! Tst ! » Ils ont dit : « La politique n'est pas un rêve de poète. Pourquoi supposez-vous que nous avons fait la guerre ? Pour leur vieux Maréchal ? » Ils ont encore ri : « Nous ne sommes pas des fous ni des niais : nous avons l'occasion de détruire la France, elle le sera. Pas seulement sa puissance : son âme aussi. Son âme surtout. Son âme est le plus grand danger. C'est notre travail en ce moment : ne vous y trompez pas, mon cher ! Nous la pourrirons par nos sourires et nos ménagements. Nous en ferons une chienne rampante. »

Il se tut. Il semblait essoufflé. Il serrait les mâchoires avec une telle énergie que je voyais saillir les pommettes, et une veine, épaisse et tortueuse comme un ver, battre sous la tempe. Soudain toute la peau de son visage remua, dans une sorte de frémissement souterrain, – comme fait un coup de brise sur un lac ; comme, aux premières bulles, la pellicule de crème durcie à la surface d'un lait qu'on fait bouillir. Et ses yeux s'accrochèrent aux yeux pâles et dilatés de ma nièce, et il dit, sur un ton bas, uniforme, intense et oppressé, avec une lenteur accablée :

— Il n'y a pas d'espoir. » Et d'une voix plus sourde encore et plus basse, et plus lente, comme pour se torturer lui-même de cette intolérable constatation : « Pas d'espoir. Pas d'espoir. » Et soudain, d'une voix inopinément haute et forte, et à ma surprise claire et timbrée, comme un coup de clairon, – comme un cri : « Pas d'espoir ! »

Ensuite, le silence.

Je crus l'entendre rire. Son front, bourrelé et fripé, ressemblait à un grelin d'amarre. Ses lèvres tremblèrent, – des lèvres de malade à la fois fiévreuses et pâles.

— Ils m'ont blâmé, avec un peu de colère : « Vous voyez bien ! Vous voyez combien vous l'aimez ! Voilà le grand Péril ! Mais nous guérirons l'Europe de cette peste ! Nous la purgerons de ce poison ! » Ils m'ont tout expliqué, oh ! ils ne m'ont rien laissé ignorer. Ils flattent vos écrivains, mais en même temps, en Belgique, en Hollande, dans tous les pays qu'occupent nos troupes, ils font déjà le barrage. Aucun livre français ne peut plus passer, – sauf les publications techniques, manuels de dioptrique ou formulaires de cémentation... Mais les ouvrages de culture générale, aucun. Rien !

Son regard passa par-dessus ma tête, volant et se cognant aux coins de la pièce comme un oiseau de nuit égaré. Enfin il sembla trouver refuge sur les rayons les plus sombres, – ceux où s'alignent Racine, Ronsard, Rousseau. Ses yeux restèrent accrochés là et sa voix reprit, avec une violence gémissante :

— Rien, rien, personne ! » Et comme si nous n'avions pas compris encore, pas mesuré l'énormité de la menace : « Pas seulement vos modernes ! Pas seulement vos Péguy, vos Proust, vos Bergson... Mais tous les autres ! Tous ceux-là ! Tous ! Tous ! Tous ! »

Son regard encore une fois balaya les reliures doucement luisant dans la pénombre, comme pour une caresse désespérée.

— Ils éteindront la flamme tout à fait ! cria-t-il. L'Europe ne sera plus éclairée par cette lumière !

Et sa voix creuse et grave fit vibrer jusqu'au fond de ma poitrine, inattendu et saisissant, le cri dont l'ultime syllabe traînait comme une frémissante plainte :

— Nevermore !

Le silence tomba une fois de plus. Une fois de plus, mais, cette fois, combien plus obscur et tendu ! Certes, sous les silences d'antan, – comme, sous la calme surface des eaux, la mêlée des bêtes dans la mer, – je sentais bien grouiller la vie sous-marine des sentiments cachés, des désirs et des pensées qui se nient et qui luttent. Mais sous celui-ci, ah ! rien qu'une affreuse oppression...

La voix brisa enfin ce silence. Elle était douce et malheureuse.

— J'avais un ami. C'était mon frère. Nous avions étudié de compagnie. Nous habitions la même chambre à Stuttgart. Nous avions passé trois mois ensemble à Nuremberg. Nous ne faisions rien l'un sans l'autre : je jouais devant lui ma musique ; il me lisait ses poèmes. Il était sensible et romantique. Mais il me quitta. Il alla lire ses poèmes à Munich, devant de nouveaux compagnons. C'est lui qui m'écrivait sans cesse de venir les retrouver. C'est lui que j'ai vu à Paris avec ses amis. J'ai vu ce qu'ils ont fait de lui !

Il remua lentement la tête, comme s'il eût dû opposer un refus douloureux à quelque supplication.

— Il était le plus enragé ! Il mélangeait la colère et le rire. Tantôt il me regardait avec flamme et criait : « C'est un venin ! Il faut vider la bête de son venin ! » Tantôt il donnait dans mon estomac des petits coups du bout de son index : « Ils ont la grande peur maintenant, ah ! ah ! ils craignent pour leurs poches et pour leur ventre, – pour leur industrie et leur commerce ! Ils ne pensent qu'à ça ! Les rares autres, nous les flattons et les endormons, ah ! ah !... Ce sera facile ! » Il riait et sa figure devenait toute rose : « Nous échangeons leur âme contre un plat de lentilles ! »

Werner respira :

— J'ai dit : « Avez-vous mesuré ce que vous faites ? L'avez-vous MESURÉ ? » Il a dit : « Attendez-vous que cela nous intimide ? Notre lucidité est d'une autre trempe ! » J'ai dit : « Alors vous scellerez ce tombeau ? – à jamais ? » Il a dit : « C'est la vie ou la mort. Pour conquérir suffit la Force : pas pour dominer. Nous savons très bien qu'une armée n'est rien pour dominer. » – « Mais au prix de l'Esprit ! criai-je. Pas à ce prix ! » – « L'Esprit ne meurt jamais, dit-il. Il en a vu d'autres. Il renaît de ses cendres. Nous devons bâtir pour dans mille ans : d'abord il faut détruire. » Je le regardais. Je regardais au fond de ses yeux clairs. Il était sincère, oui. C'est ça le plus terrible.

Ses yeux s'ouvrirent très grands, – comme sur le spectacle de quelque abominable meurtre :

— Ils feront ce qu'ils disent ! » s'écria-t-il comme si nous n'avions pas dû le croire. « Avec méthode et persévérance ! Je connais ces diables acharnés ! »

Il secoua la tête, comme un chien qui souffre d'une oreille. Un murmure passa entre ses dents serrées, le « oh » gémissant et violent de l'amant trahi.

Il n'avait pas bougé. Il était toujours immobile, raide et droit dans l'embrasure de la porte, les bras allongés comme s'ils eussent eu à porter des mains de plomb ; et pâle, – non pas comme de la cire, mais comme le plâtre de certains murs délabrés : gris, avec des taches plus blanches de salpêtre.

Je le vis lentement incliner le buste. Il leva une main. Il la projeta, la paume en dessous, les doigts un peu pliés, vers ma nièce, vers moi. Il la contracta, il l'agita un peu tandis que l'expression de son visage se tendait avec une sorte d'énergie farouche. Ses lèvres s'entrouvrirent, et je crus qu'il allait nous lancer je ne sais quelle exhortation : je crus, – oui, je crus qu'il allait nous encourager à la révolte. Mais pas un mot ne franchit ses lèvres. Sa bouche se ferma, et encore une fois ses yeux. Il se redressa. Ses mains montèrent le long du corps, se livrèrent à la hauteur du visage à un incompréhensible manège, qui ressemblait à certaines figures des danses religieuses de Java. Puis il se prit les tempes et le front, écrasant ses paupières sous les petits doigts allongés.

— Ils m'ont dit : « C'est notre droit et notre devoir. » Notre devoir ! Heureux celui qui trouve avec une aussi simple certitude la route de son devoir !

Ses mains retombèrent.

— Au carrefour, on vous dit : « Prenez cette route-là. » Il secoua la tête. « Or, cette route, on ne la voit pas s'élever vers les hauteurs lumineuses des cimes, on la voit descendre vers une vallée sinistre, s'enfoncer dans les ténèbres fétides d'une lugubre forêt !... Ô Dieu ! Montrez-moi où est MON devoir ! »

Il dit, – il cria presque :

— C'est le Combat, – le Grand Bataille du Temporel contre le Spirituel !

Il regardait, avec une fixité lamentable l'ange de bois sculpté au-dessus de la fenêtre, l'ange extatique et souriant, lumineux de tranquillité céleste.

Soudain son expression sembla se détendre. Le corps perdit de sa raideur. Son visage s'inclina un peu vers le sol. Il le releva :

— J'ai fait valoir mes droits, dit-il avec naturel. J'ai demandé à rejoindre une division en campagne. Cette faveur m'a été enfin accordée : demain, je suis autorisé à me mettre en route.

Je crus voir flotter sur ses lèvres un fantôme de sourire quand il précisa :

— Pour l'enfer.

Son bras se leva vers l'Orient, – vers ces plaines immenses où le blé futur sera nourri de cadavres.

Je pensai : « Ainsi il se soumet. Voilà donc tout ce qu'ils savent faire. Ils se soumettent tous. Même cet homme-là. »

Le visage de ma nièce me fit peine. Il était d'une pâleur lunaire. Les lèvres, pareilles aux bords d'un vase d'opaline, étaient disjointes, elles esquissaient la moue tragique des masques grecs. Et je vis, à la limite du front et de la chevelure, non pas naître, mais jaillir, – oui, jaillir, – des perles de sueur.

Je ne sais si Werner von Ebrennac le vit. Ses pupilles, celles de la jeune fille, amarrées comme, dans le courant, la barque à l'anneau de la rive, semblaient l'être par un fil si tendu, si raide, qu'on n'eût pas osé passer un doigt entre leurs yeux. Ebrennac d'une main avait saisi le bouton de la porte. De l'autre, il tenait le chambranle. Sans bouger son regard d'une ligne, il tira lentement la porte à lui. Il dit, – sa voix était étrangement dénuée d'expression :

— Je vous souhaite une bonne nuit.

Je crus qu'il allait fermer la porte et partir. Mais non. Il regardait ma nièce. Il la regardait. Il dit, – il murmura :

— Adieu.

Il ne bougea pas. Il restait tout à fait immobile, et dans son visage immobile et tendu, les yeux étaient plus encore immobiles et tendus, attachés aux yeux, – trop ouverts, trop pâles, – de ma nièce. Cela dura, dura, – combien de temps ? – dura jusqu'à ce qu'enfin, la jeune fille remuât les lèvres. Les yeux de Werner brillèrent.

J'entendis :

— Adieu.

Il fallait avoir guetté ce mot pour l'entendre, mais enfin je l'entendis. Von Ebrennac aussi l'entendit, et il se redressa, et son visage et tout son corps semblèrent s'assoupir comme après un bain reposant.

Et il sourit, de sorte que la dernière image que j'eus de lui fut une image souriante. Et la porte se ferma et ses pas s'évanouirent au fond de la maison.

Il était parti quand, le lendemain, je descendis prendre ma tasse de lait matinale. Ma nièce avait préparé le déjeuner, comme chaque jour. Elle me servit en silence. Nous bûmes en silence. Dehors luisait au travers de la brume un pâle soleil. Il me sembla qu'il faisait très froid.

Octobre 1941.

DÉSESPOIR EST MORT

Je n'ai pas encore très bien compris comment cela s'est fait, – en moi et en nous. D'ailleurs, je ne cherche pas. Il est de certains miracles très naturels. Je veux dire : très faciles à accepter. Je les accepte de grand cœur et celui-ci fut de ceux-là. J'y pense souvent. Je m'attendris, je souris et m'étire. Je sais qu'il y aurait sûrement quelque chose à trouver. À quoi bon ? Cette demi-ignorance, ma foi, me convient.

Comme les plus profonds tourments pâlissent vite ! Il y a trente mois je désirais la mort[1]. Nous étions quelques-uns à la désirer. Nous ne parvenions à voir devant nous rien qu'un abîme fétide. Comment y vivre ? Pourquoi attendre une asphyxie immonde ? Ah ! trouver un rocher désert, une île abandonnée, loin de la mêlée répugnante des hommes... Comme cela semble étrange, aujourd'hui, – où nous avons tant de motifs d'espérer ! Mais l'espoir, le désespoir, ne sont pas choses raisonnantes ni raisonnables. Le désespoir s'était emparé de nous, du chef à l'orteil. Et, il faut bien l'avouer, ce que nous avions vu, ce que nous voyions encore ne nous aidait guère à le secouer.

---

1. Écrit en 1942.

Car nous n'étions pas tous désespérés. Oh ! non. Dans ce mess hétéroclite, où le désastre avait rassemblé une douzaine d'officiers venus de toutes parts, sans point commun sinon celui de n'avoir pas combattu, la note dominante n'était pas le désespoir. Chacun était avant tout préoccupé de soi. Et pourvu que tous les chemins ne fussent pas coupés devant lui, prenait le reste assez légèrement. En ce juillet-là courait le mythe Laval-Talleyrand : une canaille, après Waterloo, avait en quelques années refait une France redoutée ; une canaille referait de même. Il suffisait d'attendre.

Il y avait là un homme que j'appellerai le Capitaine Randois. Je ne l'aimais pas. Dès avant la défaite, tout en lui m'était ennemi : son caractère hautain, ses convictions monarchiques, son mépris de la foule. J'évitais de lui parler. Je craignais qu'il ne laissât, d'un mot, deviner la satisfaction que les malheurs de la République, le triomphe de la tyrannie, devaient avoir fait naître en lui. Je n'aurais pu le supporter sans réagir. Mes nerfs étaient peu solides alors. Heureusement, lui non plus ne parlait guère. Il mangeait en silence, son grand nez coupant baissé vers la nappe. Les incessantes discussions, politiques et imbéciles, qui formaient la trame de nos repas, n'obtenaient de lui qu'un dédain que j'aurais trouvé insultant, – si je n'eusse fait tout comme lui. Notre pauvre vieux brigand de commandant, conseiller général du Gard, présidait ces joutes, les couvait de ses gros yeux éteints. Il ressemblait, par le visage et l'accent, à un Raimu amolli, à l'un des Fratellini aussi, – celui qui est mort, celui qui cachait ses dérisoires malices sous un aspect de notaire solennel. Il interrogeait l'avenir avec malaise, inquiet de la place qu'il pourrait y creuser pour son adipeuse papelardise. Il dit un jour :

— « Randois, vous avez vu ? Votre Maurras se range sans restriction derrière le Maréchal. » Quand il parlait, il semblait que son accent fût noyé dans une gorgée d'eau, qu'on se fût attendu à voir couler entre ses lèvres molles. « Je suis un vieux radical, mais, dans le malheur de la patrie, il faut oublier ses convictions. Votre Maurras, bravo, c'est très bien. Que penseront nos vainqueurs, selon vous ? »

Le Capitaine Randois leva le nez. Et ses yeux, ses yeux bleus et froids (je les trouvais cruels) se posèrent sur moi. Oui, sur moi et sur mon voisin le Capitaine Despérados ; et il répondit :

— Les Fridolins ? Ils nous auront jusqu'au trognon.

Sa voix était d'une tristesse sans borne. Je fus surpris, – plus encore du regard que des paroles. Ainsi, il nous rejoignait, il avait su nous rejoindre, nous les solitaires, nous les muets. Il avait mieux su me comprendre, que moi, lui. Aujourd'hui, je sais bien que je manquais de sagacité. Car ce mess était à l'image de ce pays, où seuls les lâches, les malins et les méchants allaient continuer de pérorer ; où les autres n'auraient, pour protester, que leur silence. Randois nous avait reconnus.

J'étais silencieux. Mais le Capitaine Despérados l'était plus que moi. Il avait, lui, participé à « notre » bataille : à la bataille postiche, au déshonorant simulacre qui nous en avait plus appris, en ces trois jours serrés entre deux armistices, sur l'infamie dérisoire de certains hommes couverts d'honneurs, que l'expérience de toute une vie. Il avait assisté d'un bout à l'autre à la honteuse et cruelle comédie. Il avait eu dans les mains, on lui avait mis impudemment dans les mains des preuves immondes et puantes : celles du souci unique, aux pires jours du désastre, qu'avait eu un chef indigne de préparer les voies de son ambition. Ambition sordide. On eût dit qu'il en avait pâli, – pâli à jamais. Il était pâle et raide, raide d'une vieille blessure qui l'empêchait de tourner la tête sans tourner aussi les épaules ; et plus pâle d'une cicatrice qui partageait en deux son beau visage de matador grisonnant, ouvrant en passant l'œil droit, comme eût fait un monocle. Et cela lui donnait une expression double, pénétrante et dominatrice. Pendant toutes ces semaines, il ne sourit jamais. Je ne l'ai jamais vu rire, – sauf une fois.

Oui, j'ai presque un effort à faire aujourd'hui pour comprendre, comme je le comprenais alors, qu'un homme pût être si mortellement découragé qu'il lui fût impossible, pendant des semaines, de sourire. J'étais ainsi moi-même, pourtant. Nous traînions nos gros souliers oisifs dans l'unique rue de ce village brûlé de soleil, où l'on nous avait cantonnés après l'armistice. Nous n'en pouvions sortir. Nous n'avions d'autre choix que les deux bistrots, le banc du jardinet qu'une aimable personne avait offert, ou notre chambre. Pour ma part, j'avais choisi ma chambre. Je n'en bougeais guère. Mon accablement s'y nourrissait de soi-même, s'engraissait de ce fatal désœuvrement. Je pense aujourd'hui que Randois, que Despérados menaient la même torturante vie. Peut-être faut-il voir là les raisons de cet infernal silence, où nous nous étions murés malgré nous.

Ma chambre était petite. Je l'avais choisie parce qu'elle était petite. Elle ouvrait sur les toits par une mince fenêtre haut placée. Ainsi elle était constituée, un peu, comme un cachot, – un cachot qu'une jeune fille eût adouci de ses soins. Je restais là, de longues heures, entre ces murs rapprochés. Prisonnier dans ces murs comme dans les pensées, simples et horribles, que je ne pouvais chasser. J'aimais sentir ces murs peser sur moi, comme on aime à presser d'un doigt nerveux une gencive irritée. Cela n'était certes pas bon pour la santé de l'esprit. Pas pire, sans doute, que d'errer d'un bistrot à l'autre, que d'assister à la lâcheté de tous.

J'avais fini par ne sortir guère qu'à l'heure des repas. Je n'avais pas un long chemin à faire. La maison qui abritait notre mess faisait face à la mienne, par-delà une étroite ruelle cailouteuse. Ces repas étaient animés et bruyants. Ils étaient pour moi lugubres. On nous y engraissait comme des oies. L'Intendance n'avait pas encore été touchée par la défaite, et nous fournissait plusieurs viandes par repas, qu'un cuistot arrogant, titulaire d'un diplôme de cuisine militaire et qu'un de nous avait découvert et « voracé », déguisait sous des sauces savamment immondes, devant lesquelles le mess fondait d'admiration. On s'en félicitait mutuellement. La plus franche cordialité régnait entre ces hommes galonnés, qui se déchiraient l'un l'autre sitôt séparés. Ils étaient tous rivaux, pour une raison ou une autre. La débâcle n'avait pas détruit chez eux le goût des préséances, dont ils allaient être bientôt privés. Leur rivalité était aussi plus matérielle. Certains avaient vite compris qu'il y avait quelque chose à tirer de la désorganisation générale, de la difficulté des contrôles. Le plus haï était celui qu'on accablait, aux repas, des plus hautes marques de fidèle respect, notre commandant-Fratellini, à qui son grade permettait les plus fructueuses rapines. Nous savions que son grenier se remplissait de chocolat, de pâtes, de riz. J'aurais dû, moi aussi, haïr cet homme. Je ne sais pourquoi, je n'y parvenais pas. Peut-être parce que sa canaillerie était si évidemment native qu'elle en devenait ingénue. Peut-être aussi parce que je savais – avant lui – qu'il allait mourir. Il en était arrivé à un point d'urémie qui ne pouvait tarder d'amener une crise. Il s'endormait, non pas seulement après le repas, non pas seulement entre chaque plat : entre chaque bouchée, – quelques secondes, sa fourchette levée. Je voyais les autres rire. C'était pitoyable et tragique. « Mon Dieu, pensais-je, qu'il garnisse son grenier. » Pourtant je m'en voulais de cette indulgence.

J'étais heureux d'avoir Despérados auprès de moi. Je me sentais moins seul. Non pas que nous eussions jamais échangé un mot de quelque importance. Mais, parfois, quand je sentais moi-même se gonfler mon cœur de dégoût, devant quelque nouvelle marque de la funeste insouciance de ces hommes en qui le pays avait cru trouver des chefs, je voyais se tourner vers moi le cou raide, se poser sur moi l'œil dilaté. Nous croisions ainsi nos regards, et cela nous soulageait. Nous n'allions pas plus loin dans nos confidences.

Ce matin-là, pourtant, il se laissa aller à quelque chose de plus. Quand j'entrai pour prendre ma tasse de café, il était là, seul devant la sienne. Il lisait le *Petit Dauphinois*. C'était un des premiers qui nous parvînt, après ces quinze horribles jours. Et soudain il me le tendit, silencieusement et rageusement, marquant du pouce l'éditorial, et tandis que je lisais à mon tour, il garda posés sur moi ses yeux lumineux. Oui, ce qu'il me fit lire dépassait tout ce qu'on pouvait attendre. Ce que le plus grand mépris des hommes n'aurait suffi à nous faire croire sans preuve. On nous ressortait, simplement (n'oubliez pas que c'était la première fois), Jeanne d'Arc, Sainte-Hélène, et la perfide Albion. Dans cette même colonne, sous cette même signature, où trois semaines plus tôt le même homme nous parlait encore, avec une délectation sadique, des milliers de barbares teutons que la Lys et la Somme charriaient, sanglants et putrides, vers la mer.

Qu'aurais-je dit ? Je ne dis rien. Mais, me renversant sur ma chaise, je partis à rire. Despérados appuya ses avant-bras sur la table, et il rit aussi. D'un rire long et bruyant, en se balançant un peu. C'était un bruit déplaisant, cette gaieté sans joie dans cette pièce maussade où traînait une odeur de pain moisi. Puis nous nous tûmes, et nous nous levâmes, car c'était l'heure, pour nous, d'assister, dans la petite église, à une messe pour le repos des morts de la guerre. Cela eût pu être émouvant et simple. Ce fut odieux et grotesque. Un prêche nous fut fait par un jeune soldat-prêtre, studieux et ambitieux, heureux de trouver là une occasion d'exercer son éloquence. Il nous servit une oraison vide et pompeuse, encore maladroite d'ailleurs et que ne sauvait pas même le talent.

Je sortis de là plus accablé que jamais. Je marchais tête basse, entre Despérados et Randois qui s'était joint silencieusement à nous. Comme nous passions dans une ruelle herbeuse, entre deux hauts murs de jardin, je ne pus retenir tout à fait un des soupirs contraints dont ma poitrine était pleine à faire mal. Randois tourna la tête vers moi, et je vis qu'il souriait affectueusement.

— Nous traînons notre besace, dit-il, et passant entre nous, il nous prit chacun par le bras.

Nous parvînmes ainsi devant le mess. Ce n'était pas l'heure encore. Pour la première fois, nous ne nous séparâmes pas. Nous nous assîmes sur le bord de l'étroit trottoir, et le silence sur nous pesa une fois de plus.

C'est alors que nous vîmes venir les quatre petits canetons.

Je les connaissais. Souvent j'avais regardé l'un ou l'autre, l'une ou l'autre de ces très comiques boules de duvet jaunâtre, patauger, sans cesser une seconde de couiner d'une voix fragile et attendrissante, dans les caniveaux ou la moindre flaque. Plus d'une fois, l'un d'eux m'avait ainsi aidé à vivre, un peu plus vite, un peu moins lourdement, quelques-unes des minutes de ces interminables jours. Je leur en savais gré.

Cette fois, ils venaient tous quatre à la file, à la manière des canards. Ils venaient de la grande rue, claudicants et solennels, vifs, vigilants et militaires. Ils ne cessaient de couiner. Ils faisaient penser à ces défilés de gymnastes, portant orgueilleusement leur bannière et chantant fermement d'une voix très fausse. J'ai dit qu'ils étaient quatre. Le dernier était plus jeune, – plus petit, plus jaune, plus poussin. Mais bien décidé à n'être pas traité comme tel. Il couinait plus fort que les autres, s'aidait des pattes et des ailerons pour se tenir à la distance réglementaire. Mais les cailloux que ses aînés franchissaient avec maladresse mais fermeté formaient, pour lui, autant d'embûches où son empressement venait buter. En vérité, rien d'autre ne peut peindre fidèlement ce qui lui arrivait alors, sinon de dire qu'il se cassait la gueule. Tous les six pas, il se cassait ainsi la gueule et il se relevait et repartait, et s'empressait d'un air martial et angoissé, couinant avec une profusion et une ponctualité sans faiblesse, et se retrouvait le bec dans la poussière. Ainsi défilèrent-ils tous les quatre, selon l'ordre immuable d'une parade de canards. Rarement ai-je assisté à rien d'aussi comique. De sorte que je m'entendis rire, et aussi Despérados, mais non plus de notre affreux rire du matin. Le rire de Despérados était, cette fois, profond et sain et agréable à entendre. Et même le rire un peu sec de Randois n'était pas désagréable. Et les canetons, toujours couinant, tournèrent le coin de la ruelle, et nous vîmes le petit, une dernière fois, se casser la gueule avant de disparaître. Et alors, voilà, Randois nous mit ses mains aux épaules, et il s'appuya sur nous pour se lever, et ce faisant il serra les doigts, affectueusement, et nous fit un peu mal. Et il dit :

— À la soupe ! Venez. Nous en sortirons.

Or, c'était cela justement que je pensais : nous en sortirons. Oh ! je mentirais en prétendant que je pensai ces mots-là exactement. Pas plus que je ne pensai alors précisément à des siècles, à d'interminables périodes plus sombres encore que celle-ci qui s'annonçait pourtant si noire ; ni au courage désespéré, à l'opiniâtreté surhumaine qu'il fallut à quelques moines, au milieu de ces meurtres, de ces pillages, de cette ignorance fanatique, de cette cruauté triomphante, pour se passer de main en main un fragile flambeau pendant près de mille ans. Ni que cela valait pourtant la peine de vivre, si tel devait être notre destin, notre seul devoir désormais. Certes, je ne pensai pas précisément tout cela. Mais ce fut comme lorsqu'on voit la reliure d'un livre que l'on connaît bien.

Comment ces quatre petits canards, par quelle voie secrète de notre esprit nous menèrent-ils à découvrir soudain que notre désespoir était pervers et stérile ? Je ne sais. Aujourd'hui où je m'applique à écrire ces lignes, je serais tenté d'imaginer quelque symbole, à la fois séduisant et facile. Peut-être n'aurais-je pas tort. Peut-être, en effet, inconsciemment pensai-je aux petits canards qui déjà devaient défiler non moins comiquement sous les yeux des premiers chrétiens, qui avaient plus que nous lieu de croire tout perdu. Peut-être trouvai-je qu'ils parodiaient assez bien, ces quatre canetons fanfarons et candides, ce qu'il y a de pire dans les sentiments des hommes en groupe, comme aussi ce qu'il y a de meilleur en eux. Et qu'il valait de vivre, puisqu'on pouvait espérer un jour extirper ce pire, faire refleurir ce meilleur. Peut-être. Mais il se pourrait plus encore que, tout cela, je le découvrisse seulement pour les besoins de la cause. Au fond, j'aime mieux le mystère. Je sais, cela seul est sûr, que c'est à ces petits canards délurés, martiaux, attendrissants et ridicules, que je dus, au plus sombre couloir d'un sombre jour, de sentir mon désespoir soudain glisser de mes épaules comme un manteau trop lourd. Cela suffit. Je ne l'oublierai pas.

LA MARCHE À L'ÉTOILE

I

La foi et la lumière

Il y a qui mène plus loin que d'être fou, c'est d'être raisonnable.
Et quoi de plus raisonnable que de chercher premièrement le Royaume de Dieu et sa justice ?

> Paul CLAUDEL (Saint-Louis).

À LA MÉMOIRE
DE CELUI
DONT CES PAGES RACONTENT
LA VIE

> *Il n'y a qu'un moyen d'avoir trouvé sa place, c'est d'être arrivé là d'où littéralement l'on ne peut pas bouger*
>
> Paul CLAUDEL (Saint-Louis).

L'amour le plus souvent s'éteint dans une fin sordide. Quelquefois on le tue : alors sa mort est poignante. Ainsi l'amour d'Othello sous les coups sinistres de l'envie. Ô fatale méprise : accuser Desdémone ! Le cœur se serre et se révolte.

Qui fut coupable envers Thomas ? Poignarda son amour et sa vie ? L'envoya affronter la mort avec une âme en ruine ? Faut-il accuser la France ? Oh ! non. Oh ! non : c'est le mensonge. Oui, ce fut encore une atroce méprise. Cela me tire des larmes, – non de pitié : de colère.

J'étais encore tout enfant quand je l'ai connu. De si loin que je me rappelle, il est mêlé à mes souvenirs. Ce qui fait ce récit, je l'ai appris peu à peu, par bribes. Il me faut réunir tout cela, et je m'aperçois que rien n'est plus difficile que de peindre un homme que l'on connaît trop. Par où commencer ?

Suivrai-je cette pente facile qu'on appelle la chronologie ? Méthode secourable mais sans art. S'agit-il d'art ? Dieu m'en garde !

L'histoire commence de loin. Ce que j'en sais est maigre. Il y a d'abord une conversion – un aïeul qui devient évêque. Ambitieux, sans doute, et gêné par la présence de cette famille de parpaillots. On imagine bien quelle pression, onctueuse mais implacable, chasse la famille Muritz des cristalleries des Vosges où elle est née, pour celles de Bohême où elle s'installe. Le neveu de l'évêque s'y marie avec une jeune fille de Brünn et y fait souche. On trouve, vers 1860, un des arrière-petits-fils à Presbourg, armateur cossu ; ses chalands sillonnent le Danube. La France est loin et, semble-t-il, oubliée. Les femmes parlent, comme leurs familles, l'allemand et le tchèque (ou le hongrois, ou le slovaque) ; toutefois, les garçons, de père en fils, apprennent le français à l'égal des autres langues. L'armateur n'a qu'un fils, et six filles. Les filles parlent le slovaque et l'allemand. Le fils, selon la tradition, parle, de plus, le français. Il s'appelle Thomas.

Il a douze ans, en 1878, quand son père meurt. La famille Muritz, avec ses sept femmes, passe de durs moments. La mère vend tout à Presbourg et l'on s'installe pour une vie resserrée dans la vieille maison de Devîn. Les filles commencent à se marier. C'est un oncle de Thomas qui a racheté l'affaire de navigation, et quand Thomas aura fini ses études, il le prendra avec lui. Mais la vieille maison de Devîn en décide autrement.

La vieille maison ? Plutôt la pièce en rotonde, à l'angle sud-ouest, avec ses hautes fenêtres et les rayons du soleil à son déclin qui font luire les cuirs dorés des reliures. C'est là que commence l'histoire. C'est là que naquit la passion tenace, l'amour dévorant qui habita le cœur de Thomas Muritz et ne le quitta, dans un déchirement horrible, qu'avec sa vie.

*
* *

C'est là, au milieu de ces rayons couverts de livres, que Madame Muritz trouvait Thomas plus souvent qu'il n'eût dû y être. Elle se fâchait mais se réjouissait. Elle-même lisait peu, mais elle aimait que son fils eût cette passion. Elle n'imaginait pas que ce vice dût les séparer, et si tôt.

La bibliothèque était par moitié composée de livres allemands et français. Thomas lisait couramment les uns et les autres. « Par terre et à plat ventre devant le poêle de faïence, c'était son mode toujours », me dit son oncle, – c'est la vision qu'il gardait de lui près d'un demi-siècle plus tard. Le gouvernement tchèque venait de l'envoyer en France pour y discuter des questions de transit, – la première fois qu'il y venait depuis la guerre. Je le regardais, sirotant son verre de fine (la fine de mon propre raisin) d'un air de connaisseur. « Toujours comme ça, à plat ventre, tous les jours, chaque fois que j'allais voir sa mère. Si je l'ai vu autrement, j'ai oublié. » Sa main libre, une petite main potelée, traduisit cet oubli d'un tout petit geste expressif. Ses mains seules avaient de l'expression. Son gros visage, beaucoup trop gros pour son corps vieilli et tassé, semblait toujours endormi. Il sourit, – d'un sourire de Bouddha :

— Ça vous fait rire, n'est-ce pas (il parlait, avec lourdeur mais faconde, un français qu'il écorchait sans vergogne), qu'il a ces goûts belles-lettristiques ? Qu'il lise encore, à soixante ans bientôt, – qu'il aime encore de lire Alexandre Dumas ? Mais je m'en doute que vous n'avez pas compris ». Ses gros yeux semblèrent me guetter ironiquement, par dessous les paupières épaisses. « Dumas ? Pfutt !... Ce n'est pas Dumas. C'est... c'est... LA FRANCE ! » Il lampa la fin de son verre et garda les yeux fermés, dégustant la dernière goutte. « Il est fidèle, il est très fidèle, il ne faut pas rire de la fidélité », dit-il gravement et gravement posa son lourd regard sur moi. « Voyez-vous, je n'ai pas vu tout de suite jadis..., je n'ai pas compris tout de suite qu'il ne lisait pas Alexandre Dumas... qu'il lisait... l'histoire de la France. Il n'y avait pas d'Histoire de France à Devîn, sauf la *Révolution* de Thiers, et d'ailleurs, il avait treize ans. Mais... » Il leva seulement trois doigts, cela suffit pour que je comprisse aussitôt qu'il abandonnait ce sujet en faveur d'un autre. « Vous ne connaissez pas en France, naturellement, Bölöni... Alexandre Farkas Bölöni... à la recherche de la liberté... Eh bien... », il sembla se raviser et ses lèvres firent un bruit de poisson lâchant une bulle : « Quand je pense que c'est moi qui lui a donné de lire ça !... Parce qu'il est parti, ce Bölöni, pour chercher la liberté où elle se trouve. Parti, vous comprenez ? » Il rit, et cela secouait son ventre sans remuer rien du visage. « Et Gilbert aussi est parti, dans *Joseph Balsamo*, vous vous rappelez ?

Le magnifique et aventureux Gilbert... À pied, pour Paris. » Il pointa vers moi un index grassouillet, qu'il remua pour scander ses paroles : « Parti, à pied, pour Paris... Naturellement ça n'aurait pas suffi. Mais il y avait ce Hugo. Hugo !... Par terre et à plat ventre devant le poêle de faïence, et dévorant Hugo, jour après jour, et Alexandre Dumas, et Balzac, et Eugène Sue ! Quel mélange... "C'est drôle, vous m'avez dit, c'est drôle qu'il aime encore ça pêle-mêle, tout ça mélangé." D'abord, ce n'est pas pêle-mêle parce que ces noms il a... comment dites-vous ?... hiérarchisé. Mais... mais c'est surtout parce que vous n'avez pas connu sa jeunesse, et son enthousiasme... les *Mystères de Paris*... la France, la Justice, la Liberté... Vous savez, ça voulait dire quelque chose, à un jeune homme du Danube ! Il n'a jamais oublié, parce qu'il est fidèle... » Il partit soudain d'un vrai rire, ses yeux pétillèrent : « Et ça aussi – vous ne connaissez pas en France non plus. Ce poème allemand : *L'Orpheline du Pont des Arts*... J'ai oublié de qui. Je crois Grillparzer. Demandez-lui, il pourra vous le réciter encore tout entier, – encore maintenant... » Il répéta : « Le Pont des Arts !... » en se frottant le genou d'un mouvement vif et court, en signe de jubilation. « Méfiez-vous, quand vous avez un fils qui lit toujours les mêmes livres. Il se prépare quelque chose, toujours. J'étais jeune et je n'ai pas compris alors. Même quand il m'a dit, un jour, – je crois qu'il s'avait disputé avec ses sœurs : « N'est-ce pas, oncle Béla, je suis un peu Français ? » J'ai ri et j'ai dit : « Oui, beaucoup. Autant que je suis Turc. J'ai ma grand-mère de ma grand-mère de ma grand-mère qui était d'Uskub, ainsi tu vois tu es Français et moi Turc ». Il n'a pas ri ni pas mis en colère mais seulement dit : « Tout de même je suis un petit peu Français » et il est reparti vers son poêle...

« Tous les garçons, n'est-ce pas, sont exaltés, un jour, pour quelque chose. Moi... je suis une vieille loque aujourd'hui mais... les femmes... oui, je me suis plus d'une fois exalté pour une femme... » – il me montra soudain son profil et caressa son crâne, près de l'oreille, d'un doigt indolent, et je vis une mince ligne blanche courant dans les poils gris. « Je me suis raté... un peu exprès, sans doute, mais tout de même... Thomas, du moins à cet âge, les femmes, non. Son exaltation c'était (il dirigea, d'un geste étriqué, son gras index vers ma poitrine)... vous. Vous, les Français. » Son ventre encore fut secoué d'un rire silencieux : « Le méritiez-vous ? D'un côté du Danube on dit oui, de l'autre on dit non... à cause de Trianon... Mais dans ce temps-là... En tout cas, voilà. Il était amoureux de vous, les Français. Moi, j'en riais, et sa mère aussi. Même quand il nous récitait Hugo et je vous assure, quand il commençait, c'étaient des séances peu banales. Mais nous riions, c'est tout.

« Nous riions », répéta-t-il, et il souleva ses lourdes paupières avec la lenteur d'un pachyderme. Et je vis courir, entre les gras ourlets de chair, une lueur gentiment moqueuse tandis qu'il ajoutait : « Est-ce tant pis ? »

*
* *

Ce qui transforma en Thomas d'exaltantes rêveries en quelque chose qui ressemblait à un germe de décision, ce fut peut-être une conférence tenue, à l'approche de ses seize ans, dans la vieille maison de Devîn. Il entendait sa mère et son oncle régler son sort avec une cruauté inconsciente, tandis que, le front appuyé à la vitre, il regardait au bas de la falaise la Morava tenter avec peine de faire pénétrer ses eaux vertes dans les flots boueux du Danube, ce Danube qui serait désormais la toile de fond de sa vie. Terrible Danube ! Oh ! il l'aimait. Que ne viens-tu de France, pensait-il. Si du moins l'on eût, de temps à autre, pu espérer voir passer, venant de cet occident prestigieux, des chalands ou des remorqueurs portant l'écusson tricolore ! Mais non, rien jamais, que les couleurs autrichiennes et allemandes. Et les roumaines, avec cette bande jaune, comme une dérision, entre le bleu et le rouge...

La mort de son cousin Latzi précipita les choses. Thomas ne l'aimait guère, pourtant. L'orgueil de Latzi, cadet à Budapest, n'avait d'égal que celui de son père, le sentencieux Conseiller Széchenyi, directeur des Ponts. Qui n'était point cadet ne valait pas même un regard. Un jour, dans une porte, un camarade le bouscula. Latzi exigea des excuses. Des excuses ? À un Slovaque ? L'autre cracha à ses pieds. Latzi bondit, lança son gant, qui ne fut pas même ramassé. Il chercha des témoins, n'en trouva pas. Chacun se récusait, même les autres Slovaques. Latzi affolé sentait une molle résistance, autour de lui, ses pieds s'engluer dans quelque chose de trouble, dans un mystère d'yeux baissés et de sourires contraints. Enfin un camarade se décida à lui révéler ce que chacun savait à l'École sauf lui, ce qui lui fut caché toujours par la vanité imbécile de son père le Conseiller du Roi, à savoir que sa très pieuse mère, à lui, le cadet Ladislas Széchenyi, était juive.

Le cadet Széchenyi, fils d'une juive ! Lui qui, à l'image de ses compagnons, méprisait les Juifs plus que le plus bâtard des chiens de rues, qui les faisait lever, dans les trains, pour lui céder leur place ! On le trouva, à l'aube d'une nuit qui dut être pleine d'un combat atroce, pendu dans sa chambre.

Toute l'histoire fut racontée à Thomas, avec une complaisance chuchotante, par le secrétaire de son oncle. Thomas en fut malade, – physiquement malade. Quoi ! ces mœurs de Papous ! Lui faudrait-il passer sa vie (toute sa vie !) dans ce pays attardé, parmi ces canaques emplumés, quand là-bas – pas si loin – existait un pays d'hommes libres, une France radieuse, généreuse, intelligente, et juste !

Ce qui suivit, on sera tenté peut-être de le ramener aux proportions d'un coup de tête. Je pense qu'on aurait tort. D'abord parce que rien de ce qui est causé par l'amour n'est, jamais, un coup de tête. Et puis, lorsqu'un garçon économise sou par sou, pendant des mois, de quoi réaliser un projet ; le jour où il met ce projet à exécution (si même la veille encore il ne se décidait pas), on ne saurait vraiment parler d'un coup de tête. Enfin quand toute une vie, toute une existence dirigée avec sagesse, raison et fermeté, est la conséquence rigoureuse d'un acte, cet acte-là, si irréfléchi qu'il paraisse, a bien des chances d'être lui-même le fruit d'une décision raisonnable.

La nuit même, Thomas Muritz fit ses paquets. Et l'aube le vit sur la route, par-delà le Danube, qui mène à Vienne. Non pas la route la plus courte, mais celle, un peu plus au Nord, qui passe par Wagram. Il rêvait de coucher à Wagram...

Oh ! il ne partait pas au hasard. Pas du tout. Il y avait des mois qu'il piochait son itinéraire, – ses étapes et son budget. Celui-ci était maigre. Faire le voyage par le train était hors de question. Il coucherait dans les granges (on était en mai, le temps était clément). Il ferait son marché dans les villages : un peu de pain, de la charcuterie, des fruits. Le tout était de parvenir à Troyes avec un peu d'argent en poche : là, enfin, il était décidé à prendre le train.

Car s'il acceptait d'avance la poussière des routes, le brouillard des montagnes, l'affreuse fatigue des fins de journées ; s'il acceptait la pluie, le vent, le soleil de midi, les pieds qui saignent dans des chaussures trop roides, les nuits à la dure, la sueur et la soif ; du moins il n'acceptait pas de parvenir au point très précis qu'il assignait comme terme à son voyage avec les jambes lasses : peu importe la faim mais être frais et dispos ! Car ce but était, certes, avant tout, la France ; mais c'était, beaucoup plus précisément, Paris ; et plus encore ce lieu du monde, unique et prestigieux, qui hantait ses pensées, nourrissait ses rêves, exaltait son âme : le Pont des Arts.

Je pense que cela va faire lever quelques sourires. Et, en effet, songer que tout ce pour quoi il sacrifiait son bonheur et son repos, la chaleur du foyer, une mère tendre et chérie (il l'adora toute sa vie), un avenir facile et sûr ; que tout ce pour quoi il affrontait un voyage hasardeux, ses dangers et son atroce fatigue, les angoisses d'une émigration (il ne croyait pas à la misère mais il n'était pas si sot que de ne pas prévoir la lutte), – ce n'était pas moins que le Pont des Arts !... Oh ! bien sûr, vous qui venez de passer votre journée derrière un bureau plus ou moins directorial, à recevoir des hommes dont vous vous méfiez quand vous ne les méprisez pas, à vous défendre, à feindre et biaiser, à lutter pied à pied pour quelques sordides billets de mille, vous pouvez sourire. Eh bien, mon gros, pas moi. Car c'est à ces disproportions que je mesure l'amour. Et l'amour ne me porte pas à sourire. Et, moins que tout autre, l'amour d'un enfant.

L'enfance est terriblement sérieuse, ne l'oubliez pas. Un enfant engage tout son être. Et nous, hommes graves et mûrs ? À quoi sommes-nous prêts à engager tout notre être ? Nous tenons trop à notre chère carcasse. On l'a bien vu, quand ces bourgeois galonnés abandonnaient leurs troupes battues, et sillonnaient la France dans la 15 CV où ils avaient empilé leur famille et leur coffre-fort. Non, l'amour lointain de Thomas Muritz pour le Pont des Arts ne me fait pas sourire. Il fait lever en moi une ardente tendresse. Que je n'en vienne pas un jour à sourire, c'est ce que je me souhaite à moi-même.

Oui, c'est toujours avec une tendresse poignante que je t'imagine, chère ombre, sur la route poussiéreuse, avançant avec une constance têtue vers ce pays éblouissant à qui tu as donné ton cœur. Le sac tyrolien trop lourd tire sur tes épaules, tu tends le cou en avant, tu balances tes mains maladroites et traînes tes pieds fragiles. Quand je t'ai connu tu étais jeune encore et pourtant déjà un homme un peu fort, un peu lent et gauche, qui ne supportait pas la chaleur ni la marche. Rien au monde ne me fera croire que tu aies jamais été un marcheur ou un sportif. Et sur cette route je ne puis t'imaginer que fatigué. Que déroulant jour après jour la longue chaîne de ton calvaire obstiné. Aussi bien l'as-tu dit toi-même : « C'était dur, racontais-tu avec cette légère difficulté à t'exprimer qui se résolvait en d'étranges raccourcis. C'était dur. Mais... Hugo ! » Et ce nom faisait tout comprendre. Car ce qui te soutenait dans cette épuisante épreuve, c'était cela même qui soutenait les croisés harassés : l'amour, la foi, – et les saints.

Mais c'était aussi la splendeur escomptée de Jérusalem. Et c'était pour Thomas la fascination de ce Paris débordant d'humanité et d'histoire, de ces pierres, de ces rues, de ces quartiers qui vivaient dans les romans de Dumas, de Balzac, d'Eugène Sue.

*
* *

« Amour cérébral ? » Ne m'ennuyez pas avec cette sottise. Direz-vous que l'amour qui précipitait ces foules ingénues vers le tombeau du Christ était cérébral ? Et croyez-vous qu'on aime autrement la France ? La France n'est pas un pays comme les autres. Ce n'est pas un pays qu'on aime seulement parce qu'on a eu la chance, méritée ou non, d'en jouir de père en fils. On ne l'aime pas seulement par un attachement de bête à sa garenne. Ou d'un Germain à sa horde. On l'aime avec la foi d'un chrétien pour son Rédempteur. Si vous ne me comprenez pas, je vous plains.

Jusqu'à son arrivée à la frontière française, je ne sais pas grand-chose. De ce lent cheminement de plus d'un mois, il ne gardait qu'un souvenir monotone. « La Marche à l'Étoile », l'appelait-il lui-même en souriant, ajoutant qu'il ne pouvait, comme les antiques mages, rien regarder sinon l'astre qui le guidait. « Mais le Tyrol ? » m'écriai-je, car il me semble que chacun doit aimer la montagne autant que moi. « Eh bien, dit-il, je l'ai traversé. Les côtes sont aussi lassantes à descendre qu'à monter ». C'est tout ce qu'il en dit. Tout de même je m'étonnai. « Il s'agissait d'arriver », me dit-il et il chercha comment s'expliquer : « Admirer, c'est s'arrêter. Tout retard eût mis ma joie en danger – un sourire éclaira sa courte barbe bien taillée – il me fallait... il me fallait atteindre la France avec assez d'argent : je voulais, ne riez pas, je voulais, pour ma première nuit en France, dormir dans un lit, – dans un lit français... ».

Il y parvint – il parvint toujours à tout ce que son amour exigea de lui. Il passa la frontière à Delle, le jour de la Saint-Jean. Il changea ce qui lui restait d'argent et compta sa fortune : quarante et quelques francs. Tout allait bien. Il comptait trois francs pour un vrai repas (le premier !) et une nuit à l'auberge : cela, il se l'était promis. Ensuite il reprendrait sa route parcimonieuse. Il pensait bien subsister avec deux francs par jour. Il prendrait le train à Troyes :

cela aussi il se l'était promis. Il arriverait riche encore de plus de douze francs : il aurait le temps de se retourner.

Dieu protège les amoureux et récompense les cœurs fervents. Il arrive que ceux-ci ne s'en aperçoivent pas : ils trouvent tout naturel. Pour d'autres au contraire la ferveur consiste à tout accueillir comme un présent enivrant, toujours à la hauteur de leur attente. Thomas était de ceux-ci : il s'émerveilla toute la journée. La douceur du temps, la route plate et facile, la fraîcheur des arbres, des prairies, tout lui sembla être la marque adorable d'un accueil généreux – de l'accueil généreux qu'il attendait de la France. Il s'émerveilla que la rivière à laquelle s'appuyait l'auberge où il s'arrêta, tandis que le soleil sombrait derrière les hauts peupliers, s'appelât « La Savoureuse ». Il s'émerveilla de l'auberge, il s'émerveilla (la cuisine française !) de l'omelette qu'on lui présenta, qui était de douze œufs et qu'il mangea tout entière d'un appétit d'ogre, sous l'œil quelque peu surpris de l'aubergiste, lequel ne dit rien bien qu'il vît disparaître ainsi ce qui devait être partagé par toute sa famille. Quand Thomas le comprit, il s'émerveilla de l'aubergiste. Il s'en émerveilla davantage encore un peu plus tard, et sa rencontre avec cet homme devait rester dans sa vie un souvenir impérissable. « Il a tout submergé, racontait-il. Quand je pense aux Tchèques c'est la figure de mon oncle Karel que je vois toujours, avec sa moustache blonde qui se terminait en favoris. C'est idiot, je le sais bien, c'était beaucoup moins tchèque qu'autrichien. Et quand je pense aux Français, c'est cette figure-là que je vois, ce visage un peu fatigué de brave petit rouquin. Ce nez long et rose, et cette moustache roussâtre, qui lui tombait dans la bouche, et qu'il suçotait avec un bruit d'éponge, après avoir bu. Et surtout ces yeux bleus, à la fois rêveurs et têtus, – les yeux placides d'un être libre, raisonnable et raisonneur... ».

L'aubergiste s'était approché de lui. Il souriait, vingt plis en éventail sur les tempes.

— Ça va mieux ? dit-il. Tu avais faim ?

Thomas ne fut pas surpris du tutoiement. Il ne pensa pas qu'il le devait à sa jeunesse. Il répondit, avec une gravité chaleureuse :

— Oui, citoyen.

Cette fois, la moustache roussâtre découvrit largement des dents pointues et très blanches. Et l'homme enjamba le banc et s'assit devant Thomas.

— Tu viens d'Autriche ? demanda-t-il.

— De Moravie, précisa Thomas.

— En France pour longtemps ?

— Pour toujours.

L'homme souriait, la moustache toute partagée, comme les dents d'un peigne. Il dit :

— Plus de famille là-bas ?

— Oh ! si, dit Thomas. J'ai ma mère, mes sœurs. Et mon oncle, l'armateur. C'est justement.

— Justement ?

— Oui, enfin, j'aurais passé toute ma vie à Presbourg.

Il y eut, sur le visage de l'aubergiste, comme un brusque nuage.

— Tu as fichu le camp ?

— La France est un pays libre, citoyen.

La moustache ne souriait plus. Et les yeux bleus fixaient sur lui un regard étrange, un peu inquiétant. Pas de doute, pensa Thomas, l'homme tergiversait. En une seconde il se vit remis aux gendarmes, embarqué, ramené à sa famille.

Mais soudain :

— Sacrebleu, s'écria son hôte, tu as sacrément raison ! Oui, la France est un pays libre. Mariette !

Une forme d'ombre sembla naître de l'ombre. Une forme tout en noir. Pas jeune, pas belle. Mais un visage d'une expression claire et sereine.

— Tu vois ce garçon ? dit son mari. Il vient du Danube. Il a tout laissé là-bas, sa mère, sa fortune. Sais-tu pourquoi ? Parce que la France est un pays libre.

— Et bien sûr tu l'en félicites, dit la femme calmement. Monsieur, croyez-moi, dit-elle à Thomas. Retournez chez vous.

— Ah ! ah ! s'écria l'homme, nous y voilà. Écoute-la, mon vieux.

— Un pays libre, Monsieur ? Il est un peu tôt pour le dire. Dix ans ! La liberté n'est encore qu'un jouet tout neuf, pour tous ces hommes-là », elle désignait l'aubergiste d'un mouvement de tête.

— Mariette ! tonna le mari.

— Un jouet, on le casse, on l'use, ou on s'en dégoûte. Ne vous en mêlez pas, ne vous en mêlez pas ! C'est bien assez dangereux pour les hommes d'ici. Quand je pense qu'il a traîné ma petite fille voir planter l'arbre de la liberté ! Ma Titine, qui n'a pas six ans !

— Elle se rappellera ça toute sa vie, dit l'homme.

— C'est à frémir de les voir brandir leur Liberté comme un flot de rubans, sans se rendre compte qu'on les guette de partout. Qu'ils s'y prennent seulement les pieds, on leur tombera dessus. Ne vous y trouvez pas à ce moment-là, mon pauvre garçon !

— Tu l'as entendue, dit l'homme en se levant. Tu as entendu la voix de la prudence. Maintenant écoute la mienne. Et d'abord j'ai à prononcer un mot qu'elle n'a pas dit. Et c'est le mot : justice. Il y a cela qu'elle oublie…

— Je n'oublie rien, dit la femme en rentrant dans l'ombre. Pauvre chéri. La justice !…

— … cela, continua-t-il, qu'elle oublie, – avant la liberté. À quoi servirait d'être libres, si ce n'était pour être justes ? Ne blâme pas la patronne. C'est une digne femme. Elle est craintive, parce qu'elle en a vu de rudes. J'en ai vu autant qu'elle, et je serais peut-être craintif tout comme elle, s'il n'y avait pas ça : la justice. À cause de ça, un homme n'a pas le droit d'être craintif. Et il se peut bien que ce ne soit pas une histoire de femmes, en effet. C'est notre affaire à nous. Une affaire d'hommes. Et je vais te dire, je crois que tu as bien fait de venir, parce que, la Justice, ça m'a tout l'air d'être l'affaire justement de ce pays-ci. M'est avis que la Justice, son soldat, c'est la France. C'est nous ses soldats. Il n'y en aura jamais assez. Si tu es venu ici pour en être un, tu es le bienvenu.

— Je suis venu pour en être un, dit Thomas, et il sentait l'exaltation emplir ses yeux de larmes.

— Alors dès aujourd'hui tu es l'un des nôtres, dit l'hôte gravement, et il lui serra les épaules. Et si jamais, un jour, tu es en détresse, pense à moi.

*
* *

Tu es l'un des nôtres ! Voilà ce que le premier Français qui lui parlât lui avait dit ! Si même la jeunesse de Thomas ne lui eût pas caché ce qu'il y avait d'un peu pompeux dans ce discours, il eût refusé de le voir, – à cause de ces mots. Et moi... eh bien, j'avoue sans honte qu'une certaine grandiloquence peut m'émouvoir, quand elle naît de la sincérité d'un cœur simple. J'aime cet aubergiste. Et quant à Thomas, il n'eut pas besoin d'être en détresse, on s'en doute, pour penser à lui, – tout au long de sa vie. Mais quand le jour vint, – quand tout m'oblige à croire, hélas ! que ce fut ce visage inoubliable, ce visage de « brave petit rouquin » que Thomas vit devant lui à l'heure de mourir, c'est moi, c'est moi qui ressens de la détresse, – et de la honte.

Le train de Troyes entra en gare en fin de soirée. Le soleil était bas déjà sur l'horizon, les maisons plongées dans l'ombre jusqu'aux derniers étages que ce soleil d'été enluminait d'un éclat d'or rose. Thomas Muritz ne perdit pas de temps. Il avait faim, sa besace était lourde. Chercher une brasserie, un hôtel ? Le soleil n'attendrait pas. Non : il s'engagea résolument dans le boulevard de Strasbourg (il connaissait le plan de Paris par cœur), dévala le boulevard Sébastopol, la rue de Turbigo, les halles et la rue du Louvre. Et il parvint enfin avec le soleil couchant au terme de son voyage, – au but dont l'espoir le soutenait depuis Presbourg dans la poussière des routes, le froid des vallées, les rafales des crêtes, dans l'incessante torture des membres perclus, – à l'objet qui résumait les diverses figures de son amour : au Pont des Arts. Maintenant il y était ! IL Y ÉTAIT ! Et il s'estimait comblé. On ne l'avait pas trompé, – et veuillez reconnaître que son amour non plus ne l'avait pas trompé : il l'avait conduit tout droit au cœur de ses aspirations, à ce point du monde où l'on embrasse à la fois, en se tournant à peine, l'Institut, le Louvre, la Cité, – et les quais aux bouquins, les Tuileries, la butte latine jusqu'au Panthéon, la Seine jusqu'à la Concorde. Un extraordinaire résumé qui gonflait son cœur d'une exquise oppression. Il restait là, tandis que les derniers rayons du soleil flamboyaient derrière Passy, couronnaient de vermeil la flèche de Notre-Dame et s'accrochaient en passant aux aspérités architecturales du Louvre. Sous ses pieds coulait un fleuve plein de superbe et de retenue, un fleuve qui n'avait pas besoin, comme le Danube ou la Vltava, de se faire remarquer pour être admiré. Les eaux en étaient à cette heure lumineuses et lourdes comme un mercure irisé. Des péniches passaient lentement. Des peintres, sur les berges, pliaient bagage. Des pêcheurs s'obstinaient sans amertume. Des étudiants et des vieillards s'attardaient à fouiller les boîtes des bouquinistes. Des grisettes et des petites mains, comme on disait alors, passaient près de lui et regardaient avec un étonnement intéressé ce jeune homme aux traits fins perdu dans une contemplation impassible et qui ne leur rendait pas leur regard.

Ici je crains qu'il ne me faille intervenir. Je dois, me semble-t-il, préciser que je ne raconte pas l'histoire d'un héros issu de ma cervelle, mais celle d'un homme qui fut de chair et de sang. Les droits et les devoirs d'un romancier et d'un biographe ne sont pas les mêmes. Il est, en particulier, des hasards, des rencontres, des coïncidences dont un romancier ne peut user, – puisque c'est lui qui en est maître, et qu'ainsi il se rendrait coupable d'une entorse à la vérité de son art. Même un biographe est tenté souvent de les écarter, car l'invraisemblance lui fait peur. Je ne suis pas plus audacieux qu'un autre, et ce qui survint alors sur le Pont des Arts, sans doute l'eussé-je passé sous silence, si, dans les relations du voyage de Thomas qui me furent faites par sa femme, par son fils, par ses amis, et qui forment la substance du présent récit, si la rencontre que fit Thomas sur ce pont n'eût été moins étrange par son extrême imprévu que par le comportement singulier de Thomas Muritz. Rien peut-être à mes yeux ne pourrait éclairer l'amour de Thomas sous des couleurs à la fois plus naturelles et plus surprenantes. Plus attendrissantes aussi. Il était là, planté au beau milieu du Pont des Arts, « droit et immobile comme un des rois hiératiques qui flanquent le vieux pont de Prague », me disait, bien des années plus tard, l'homme qui l'y rencontra. Cet homme s'appelait Gallerand. C'était le représentant général de la société Rhône-Danube. Thomas se souvenait de l'avoir vu souvent chez son père et chez son oncle. C'était, très exactement, le seul être humain qu'il connût à Paris. « Gallerand m'aidera », avait-il pensé plus d'une fois sur les routes. Où le trouver ? Il l'ignorait, mais cela ne le tracassait guère. Et c'était cet homme-là, c'était cet improbable Gallerand qui s'était arrêté à dix pas de lui et le considérait. Hasard inouï ? Sans doute, mais quand je considère la part immense que les hasards ont tenue, dont a dépendu le cours d'une vie aussi peu aventureuse que la mienne, je ne suis guère porté à m'émerveiller d'un hasard de plus. Je m'émerveille bien davantage du comportement de Thomas Muritz en cette occasion. C'est de cela que s'émerveillait toujours Gallerand quand il racontait la chose : « Pensez-vous qu'il fut étonné ? disait-il. Il y avait, n'est-ce pas ? de quoi l'être. J'escomptais, – je souriais en escomptant un sursaut, une exclamation. Eh bien, pas du tout. Quand il se retourna et m'aperçut, il sourit et dit tranquillement : « Bonjour, Monsieur Gallerand » et il me tira son chapeau, – exactement comme si nous nous fussions rencontrés dans la rue marchande de Presbourg. Et quand je lui eus fait dire toute l'histoire, et sus qu'il était là, au coucher du soleil, dans cette ville étrangère, sans parents, sans amis, sans domicile, sans travail, sans autre argent que les deux thunes qu'il m'exhiba, et quand je m'exclamai : « Malheureux ! Qu'est-ce qui t'a pris ? Qu'allais-tu devenir ? Te rends-tu compte, si tu ne m'avais pas rencontré... » – « Mais je pensais bien vous rencontrer ! » dit-il, et pour la première fois il se montra surpris.

Il était surpris en effet. Et ce qui le surprenait, c'était la surprise de Gallerand. Car enfin, qu'y avait-il de surprenant à se rencontrer sur le Pont des Arts ? Où en effet se rencontrer, sinon sur le Pont des Arts ? Pouvait-on habiter Paris et ne pas s'obliger, chaque fois qu'il se pouvait, à passer sur le Pont des Arts ? Telle était la force de son amour. Et telle en était la constance qu'il n'avait pas tout à fait cessé d'être surpris, quarante ans plus tard : c'est encore là que quiconque eût voulu rencontrer Thomas Muritz l'eût fait avec la plus grande certitude, à toute époque de l'année, sans autre peine que la plus modeste persévérance.

Gallerand l'emmena chez lui. Il lui demanda ce qu'il voulait faire, – s'il avait une idée quant à l'avenir. Fichtre oui, Thomas avait une idée ! Il n'avait même qu'une idée, un seul but auquel il voulait parvenir et dont le Pont des Arts n'était que la première étape. Il voulait que les œuvres de Balzac, de Hugo et d'Eugène Sue, que ces œuvres adorées qui avaient été pour lui le pain et le vin, le breuvage enivrant dont la griserie l'avait révélé à lui-même, que ces odes à Paris, à la France et à son peuple, à l'amour et à la justice, que ces flamboyantes pages tant de fois lues et relues pussent grâce à lui pénétrer dans les plus humbles chaumières, dans les plus modestes logements d'ouvriers. Et il y parvint ! J'ai déjà dit qu'il parvint toujours à tout ce que son amour exigea de lui. Il demanda que Gallerand l'aidât à entrer chez un libraire. Cela fut obtenu sans trop de peine. Il fit les courses, puis les paquets, puis les réassortiments. Il quitta cette modeste maison pour un éditeur plus puissant. Il en dirigea bientôt les messageries. Plus tard il demanda à parcourir la France comme courtier. Et lorsqu'il se jugea suffisamment au fait, et qu'un menu capital formé sou par sou lui permit de tenter la chose, il fonda les Éditions

Muritz. Qui les connaît encore ? Elles sont oubliées. Elles n'eurent qu'une vie éphémère, du moins sous ce nom, – quelques années. Ainsi le papillon, après une longue vie passée dans sa chrysalide, sort de celle-ci dans le but unique de pondre, et meurt. De même Thomas Muritz fonda sa maison pour y construire, sur ce qu'il avait appris, un système de vente populaire qui lui permît de faire lire, sous forme de feuilletons dominicaux, par mille milliers de familles, les œuvres qu'il chérissait, – Balzac, Hugo et Eugène Sue. Et sitôt que cela fut fait il cessa de s'intéresser à sa maison et la vendit.

Telle est la force de la passion, – telle en est la limite aussi et c'est pourquoi je ne l'aime pas. La passion est une terrible destructrice. Elle détruit dans la tête de qui la loge tout ce qui n'est pas son idée fixe. Elle fait une effroyable consommation d'impulsions et de concepts dont elle nourrit son insatiable cancer. Et quand, par fortune bonne ou mauvaise, elle vient à disparaître (comblée ou consumée), elle laisse dans la maison de qui l'a nourrie une vacance dévastée, et son hôte privé de désirs, – hormis la soif de devenir esclave de nouveau.

Par bonheur pour Thomas Muritz, le vide laissé en lui par l'achèvement de sa tâche ne lui fut pas aussitôt sensible, – cela lui évita sans doute ces désastreuses conséquences. C'est que sa passion était à deux faces : Paris, et les auteurs qui le lui avaient révélé. Lorsqu'il eut rendu à ceux-ci l'hommage auquel il consacra ces quinze années, et qu'il se trouva tout bouillant encore de forces dont il ne savait plus que faire, il lui restait du moins à jouir de son amour pour la grande ville, et il s'y employa avec l'ardeur qu'il avait prodiguée à en honorer les poètes : pas une rue, pas un pavé qui ne le vît passer quelque jour. Rêvait-il, durant cette lente et amoureuse possession, d'imprimer sur cette chair aimée la marque de son passage ? Il y parvint. Il perça une rue nouvelle, il borda celle-ci de maisons.

Il ne se fatigua jamais, son amour ne faiblit jamais. Ce fut toujours un amour sourcilleux et excessif. O morne figure quand, traîné en vacances par sa famille, dans les montagnes ou sur les plages, l'œil triste, le dos voûté, craignant la chaleur, le froid, le soleil, la pluie, le vent, et l'ennui, l'ennui, il comptait les jours qui le séparaient du retour, de sa réunion avec son Paris bien-aimé ! Incapable de jouir de rien puisque séparé de l'objet chéri, – d'où ses plaintes sous le moindre soleil campagnard et sa hâte de retourner au plus vite braver les insolations en traversant quotidiennement, à l'heure la plus chaude, la torride place du Carrousel. D'où son horreur des brouillards alpestres et sa faim de badauder encore, le long des boutiques d'antiquaires, dans une rue des Saints-Pères luisante des froides pluies d'octobre. D'où son ennui sans mesure devant la monotone agitation de l'océan et sa nostalgie des terrasses du boulevard Saint-Michel d'où il regarderait, des heures durant, couler devant lui le flot ininterrompu d'une jeunesse internationale.

Il était devenu Français. Je le vois encore, le jour où mon père lui annonça la nouvelle. C'était à la terrasse de quelque café, près du ministère. Je vois encore le soleil qu'il faisait, la rue poussiéreuse, et l'arroseuse municipale. Je vois encore ce regard, ce sourire qui voulait en cacher l'angoisse, tandis que nous approchions. J'étais un jeune enfant. Je me rappelle qu'ils burent tous les deux une absinthe, et le plaisir, pour moi d'une rareté précieuse, d'être à la terrasse d'un café en était gâté, car fort d'avoir vu un film de propagande antialcoolique, je craignais que mon père et Thomas ne devinssent fous, – que cela ne survînt là, sous mes yeux. Je regardais plein d'alarme se vider les verres. Je guettais sur le visage des deux buveurs les signes redoutés. Mais celui de Thomas Muritz ne reflétait rien qu'une intarissable joie. « Français, je suis Français », répétait-il, et il jetait sur ce qui l'entourait un regard surpris, comme si tout eût changé depuis la merveilleuse nouvelle. Et moi aussi j'étais surpris, car alors je ne trouvais rien d'extraordinaire à être Français. Maintenant il n'est guère de jour où je ne me dise, comme Thomas Muritz, que c'est en effet extraordinaire.

Il s'était marié. Et son mariage même fut une des stances de ce long cantique à la France. Je dis cette fois la France et non plus Paris. La Parisienne le séduisait mais, si plus d'une s'était offerte à lui, il n'en voulait pas pour femme. Ce qu'il entendait trouver chez une épouse, c'étaient d'abord les vertus provinciales ; c'était surtout qu'elle fût du vieux sol de France, que les enfants qu'il aurait d'elle tinssent à ce sol par une solide racine.

À cela encore il y parvint ! Le dieu des passions et celui des hasards se liguèrent pour qu'il trouvât en la nièce de son traiteur, venue à Paris passer des vacances chez son oncle, l'incarnation de son rêve. Elle était belle, modeste, enjouée, candide, sentimentale, vertueuse, – et elle s'appelait Chambord ! Elle était, comme Eugénie Grandet, fille d'un tonnelier (mais non pas enrichi). Elle avait vingt ans et dirigeait l'école maternelle du petit bourg berrichon de Vendœuvres.

Belle, vertueuse, et ce nom : Chambord ! Elle non plus ne tarda pas à être séduite par cet homme aux traits fins mais à la barbe mâle, élégant mais discret, audacieux mais réservé, romanesque mais réfléchi, – et qui venait d'un pays qu'elle ne savait pas même situer au juste sur la carte, la Moravie...

J'eusse aimé raconter ce mariage. Cette cour qu'il lui fit, débonnaire et attendrie. Ces fiançailles, pendant les vacances de Noël, elle confiante et étonnée, lui soudain pathétique et intimidé. Cette séparation jusqu'à l'été, qu'il s'imposa comme à elle, – mais qu'il supporta si mal. Et comment, dès qu'il était libre, il enfourchait son tricycle à moteur (dernier cri de la nouveauté), passait la barrière à la porte d'Orléans, faisait dix ou vingt kilomètres « dans la direction » de Vendœuvres, où il imaginait la jeune fille au milieu de ses bambins, les doigts tachés d'encre, puis heureux de s'être ainsi rapproché d'elle, s'en revenait... N'oubliez pas qu'il avait alors atteint cet âge et cette situation sociale où les hommes sérieux préfèrent généralement lorgner les conseils d'administration.

J'aurais voulu conter la cérémonie elle-même ; le repas de noces, dans la ferme du père nourricier de la mariée ; et les invités chantant d'abord, les uns après les autres, des chansons grivoises ; puis peu à peu entonnant ces complaintes populaires qui pleurent la faiblesse des pauvres, l'égoïsme des riches, et la justice bafouée... « Gentil peuple ! » pensait Thomas chaleureusement et, embrassé, plaisanté, accablé de bourrades affectueuses, son souvenir volait vers l'aubergiste des bords de la Savoureuse, vers le brave petit rouquin qui lui avait dit : « Tu es l'un des nôtres. »

II

Le règne des avares

Ce n'est pas assez de posséder le Soleil si nous ne sommes capables de le donner !

Paul CLAUDEL (Saint-Louis).

À ANDRÉ, MORT POUR LA FRANCE,
ET À SON FRÈRE GEORGES, GRAND BLESSÉ,
À MAX, MORT POUR LA FRANCE,
À LUCIEN, MORT POUR LA FRANCE,

À ROBERT ET À RAYMOND,
À HENRI, À MAURICE, À HENRY,
À BENJAMIN, À JEAN-RICHARD ET À PIERRE,
À RAYMOND ET À RUDI
COMBATTANTS DES DEUX GUERRES

À ÉTIENNE, SOLDAT DE LIBYE,

ET À TOUS CEUX QUI NE SONT PAS,
COMME EUX,
MES VIEUX AMIS, MES FRÈRES.

> *Cette blessure, avec quoi me l'aurais-tu faite si profonde qu'en te retirant ?*
>
> Paul CLAUDEL (Saint-Louis).

J'ai dit que ce mariage, il en attendait des enfants qui tinssent au vieux sol de France par de solides racines. Celles qui retiennent son fils sont si profondes, qu'elles l'y ont entraîné tout entier.

André, ô mon cher compagnon de jeux, depuis vingt-cinq ans couché dans la terre froide, recouvert par l'obus mortel qui pulvérisa ta batterie, tu n'es pas sorti de ma mémoire. Qui pourrait oublier ta radieuse figure ? Ta gentillesse d'enfant, ta gaieté, ta ferveur et cette intelligence pétillante ? Mon père aimait à te taquiner, pour le plaisir de tes reparties. Tout en toi lui plaisait, fût-ce ce chauvinisme échevelé, et cette gageure comique que tu tenais contre toi-même, de ne rien toucher jamais qui rappelât l'Allemagne : jusqu'à te priver de dessert, quand l'hôtel le nommait *Bavaroise*. Un jour pourtant tu fus pris en défaut : tu lampais un potage Saint-Germain avec appétit... « C'est exprès, répliquas-tu en riant. C'est pour leur montrer qu'on les bouffera, les Alboches ! »

Te rappelles-tu (ah ! je parle comme si tu étais parmi nous) ces ultimes vacances, en 1914, dans ce hameau tout au fond d'une sombre vallée suisse ? C'est là que la guerre nous surprit. Elle surprit ton père plus qu'aucun autre. Elle l'épouvanta. Non qu'il eût peur pour toi ou pour lui : tu étais si jeune, et lui trop vieux déjà. Il eut peur pour la France, – pour ce pays et pour ce peuple. Toute la nuit ses dents claquèrent, le lit trembla. Sans doute eut-il, seul peut-être, d'entre nous tous, la vision des souffrances qui menaçaient ces hommes qu'il aimait tant.

Nous nous quittâmes en riant. Tu me glissas dans l'oreille : « Sitôt passé mes bacs, je m'engage. » Thomas te laissa faire. Comment t'en eût-il empêché ? C'est lui-même qui t'avait inculqué cet amour farouche.

Comme la légende bientôt modèle la figure des héros et la rend plus vraie que nature, le souvenir que j'ai de toi est plus solidement lié, peut-être, à cette gentille caricature, œuvre d'un camarade de Fontainebleau, qu'à ton visage de chair. Elle était si vraie, et toi si aimé, qu'elle fut tirée en carte postale. Impertinent, cambré, souriant, ton visage charmant pareil à celui de Louis XV enfant, tu sortais en uniforme d'une coquille d'œuf : « *Poussin*, lisait-on, le plus jeune officier de France. » Tu ne tardas pas à devenir son plus jeune mort.

Je n'éprouve que répulsion pour ces pères qui se font gloire « d'avoir donné leur fils à la France ». Peu d'hommes plus que le vieux Doumer, s'aidant de ses quatre fils tués pour se hisser aux honneurs, ont mérité mon aversion. Et si c'était ainsi qu'il me fallût gagner des sympathies à Thomas Muritz, rien ne m'eût décidé à parler de ce sacrifice. Mais la douleur du père passa de loin la fierté du patriote. Et de celle-ci je ne retiens qu'une chose, ce fut la disparition, à tout jamais, de la crainte qu'on ne le tînt pas, peut-être, pour aussi Français qu'un autre.

Car plus d'une fois, dans des dîners, des réunions, des bridges, quelque bélître patriotard avait étalé devant lui du mépris pour « les Français d'importation ». Par égard envers ses hôtes, Thomas se refusait le baume de relever la gaffe ou la goujaterie, de mettre le butor au pied du mur, de l'inviter à faire valoir quelles actions, plus méritoires que celle d'être né par hasard ici plutôt qu'ailleurs, il avait à opposer aux siennes, à celles par lesquelles lui, Thomas Muritz, avait prouvé son amour pour la patrie qu'il s'était choisie. Pourrait-il, comme lui, demander sincèrement à la France, comme le saint Louis de Claudel :

> *Est-ce mon corps seulement que tu veux, ou plutôt n'est-ce pas mon âme ?*
>
> *Et ne dis-tu pas que ton droit dans mon cœur au-delà des choses sensibles*
>
> *Est-ce lieu où le temps ne sert pas et où la séparation est impossible ?*
>
> *Ce qui n'était que l'appétit naïf est devenu maintenant l'étude, et le choix libre, et l'honneur, et le serment, et la volonté raisonnable,*
>
> *Ce baiser pendant que l'esprit dort, à sa place voici le long désir insatiable*

D'un paradis si difficile qui manque, que tout l'être y soit intéressé.

Ce n'est point dans le hasard que je t'aime, mais dans la justice et la nécessité...

« Ce n'est point dans le hasard que je t'aime, mais dans la justice et la nécessité... » Il se taisait, mais il s'en voulait de se taire, et de son silence autant que des paroles de l'autre il restait meurtri. « Heureusement, disait-il de sa voix douce avec cette façon qu'il avait de supprimer les verbes, heureusement, toujours le même type de gens... À quatre épingles, l'air, oh ! très satisfaits d'eux-mêmes, et une raie soignée, hein ? dans des cheveux bien lisses. Grâce au Ciel, jamais l'un de ces braves petits rouquins... » Car il employait le pluriel : comme si tous les braves gens de ce peuple qu'il chérissait eussent été roux. Un jour je lui en fis la remarque. L'aubergiste, oui, je savais. Mais...

— Il y en eut d'autres, me dit-il. Les rouquins m'ont toujours porté bonheur. Ou plutôt... c'est comme si la France s'était amusée... comme si, ces amusants petits bonshommes, elle s'était amusée toujours... à me les déléguer... en ambassadeurs. Les ambassadeurs de ce qu'il y a de meilleur dans ce peuple... Tenez : le rouquin de l'omnibus, le jour de la mort de Ferrer ! Vous vous rappelez Ferrer ? Un peu jeune.

— Quel rouquin ? demandai-je. Oui, Ferrer, je crois que j'ai lu l'histoire. Mais je me rappelle mal.

J'aimais le faire parler. C'était difficile de le mettre en route. Il se décidait rarement à dépasser quelques mots. Quand il le faisait, c'était que ça en valait la peine.

— Lisez *le vin blanc de la Villette*, dit-il. C'est bien raconté. C'était bien ça. Rien que ce procès, de quoi déjà vous révolter. Mais quand ils l'ont fusillé ! Fusiller un homme pour ses idées ! Ç'avait beau être en Espagne : quand j'ai lu ça, sur le journal, j'ai sauté en l'air. J'étais sur la plate-forme de l'Auteuil-Saint-Sulpice, je me souviens.

— Celui qui roulait sur des rails ? Avec un cheval de renfort pour monter la côte ?

— Oui. Vous vous rappelez ça ?

— Et le rouquin ?

— C'était un petit plombier, qui lisait par-dessus mon bras, en louchant. Roux, comme je vous ai dit. Je ne jurerai pas qu'il ressemblait à mon aubergiste. Mais pourtant... La figure toute plissée, comme lui, et la longue moustache roussâtre... Il lit le titre, il fait oh ! et il me regarde. C'est drôle qu'il m'ait regardé, car à cette époque-là je me piquais d'élégance, je portais un melon gris et des guêtres, je ne devais pas être à ses yeux le genre d'hommes avec lequel on sympathise. Peut-être qu'il m'a vu sursauter. Ou qu'il lui fallait, – qu'il ne pouvait pas s'empêcher de chercher le regard de quelqu'un. En tout cas il me regarde, je le regarde, et voilà que nous hochons la tête, tous les deux. On l'a hochée comme ça un bon moment, parce que sans doute on ne trouvait rien à dire, et j'imagine aujourd'hui que nous devions former un couple assez comique. Mais nous n'avions pas envie de rire.

— Et vous n'avez rien dit ?

— Si, à la fin il m'a demandé :

« Quand c'est qu'ils l'ont tué ?

« — Hier matin.

« — Les salauds », dit-il en sifflant dans ses dents. Et il a recommencé à hocher la tête, les mâchoires serrées. C'était bien assez, pour que je comprisse tout ce qu'il pensait. Et ma foi, ça soulageait ma propre colère, de n'être pas là tout seul à cuver mon indignation. Peut-être qu'il a senti la même chose. En tout cas tout à coup il a pris mon bras, et il a dit, d'un ton à la fois accablé et farouche :

« — Faut que je voie les copains.

« Il est descendu, et tout naturellement je suis descendu avec lui. C'était du côté de la place Saint-Charles. On s'est mis à marcher. On parlait, on parlait. On a suivi des rues. On est entré dans un bistrot. Il était vide. On dit souvent du mal des bistrots, mais de le trouver vide, j'ai compris ce que pouvait représenter un bistrot, quelquefois. Le patron a dit : « Allez voir chez Albert. » On est reparti. On a passé sous un porche, et, au fond d'une cour, mon rouquin m'a fait entrer dans une espèce d'atelier, où s'alignaient des grandes tables un peu poussiéreuses, avec des paquets dessus. Il y avait déjà une demi-douzaine de types. Le mien ne m'a pas présenté, on m'a un peu regardé, mais nous étions tous si excités, que deux minutes après il y en avait déjà qui me tutoyaient. Il en est entré d'autres. Mon petit rouquin était très écouté. Souvent il se tournait vers moi pour me prendre à témoin, et chacun en faisait autant, et nous nous regardions les uns les autres, profondément. Je ne sais pas combien de temps on est resté. Des types sortaient, d'autres entraient, et presque à chaque nouveau venu on entendait les mêmes paroles, et nous nous soulagions à appuyer ainsi sans cesse sur le mal, comme quand on souffre d'une gencive. Pour finir il a bien fallu se séparer. Mais il était entendu qu'on se retrouverait. Et quand on s'est retrouvés, notre animation n'avait pas fléchi d'un pouce. Mon nouvel ami s'est tout de suite mis à mon côté, comme si toute cette colère était vraiment née de nous deux. Et nous voilà repartis à parler, – on ne pouvait pas s'empêcher d'appuyer sur la gencive. On ne savait pas très bien ce qu'on attendait, si même on attendait quelque chose. À la fin un grand diable est entré, un gaillard avec une moustache à la gauloise, – rousse, ma foi !... – il a crié : « Ils vont à l'Ambassade ! » et il est ressorti sans attendre. Je ne savais pas qui étaient ces ILS mais je compris sans peine quelle était l'Ambassade. Nous sortîmes tous. Mon petit rouquin ne me quittait pas. Moi non plus je n'eusse pas voulu le quitter. En débouchant sur le boulevard de Grenelle nous distinguâmes d'autres groupes, dans l'ombre, qui montaient vers le Champ-de-Mars. Des groupes de trois ou quatre. Quelquefois d'une dizaine, comme nous. Il en sortait de chaque rue. Nous passâmes la Seine. Au Cours-la-Reine ça commençait de ressembler à une vraie foule. Et ça bourdonnait comme une ruche, c'était exaltant : il me semblait sentir Paris se lever sous mes pieds. L'avenue Montaigne était déjà un jus épais, on avait du mal à avancer, il y avait quelques cris... Nous aussi nous avons crié. Nous n'avons jamais pu approcher de l'Ambassade, mais nous nous sommes raclé la gorge à crier, à hurler notre colère, notre révolte, et notre désespoir... Je ne sais pas pourquoi je vous raconte tout ça. J'ai plaisir à me le rappeler, je crois... Il me semble... oui, – est-ce honteux à dire ? – Il me semble aujourd'hui que je n'ai jamais été plus heureux que ce soir-là. »

*
* *

Et moi rien ne me rend plus malheureux que de penser à ce récit. Ce noble soulèvement, cette belle révolte des consciences françaises, – pour la mort injuste d'un seul homme ! Oh ! je sais bien que s'il fallait aujourd'hui se montrer aussi pointilleux... Je n'en mesure que mieux tout ce qui a été perdu, le recul ignoble auquel on nous a contraints.

Et maintenant qu'il me faut aborder enfin la page la plus amère, je ressens cette déchéance de façon cruelle.

L'armistice m'a trouvé en zone dite libre, comme beaucoup de gens. Je suis remonté relativement tôt. Toutefois j'ai laissé longtemps Paris de côté : la crainte de souffrir de son abaissement, l'absence de transports, et les mille difficultés, insipides mais tyranniques, qui me retinrent dans une maison livrée pendant des semaines à la troupe et au pillage. Je restai de longs mois sans nouvelle de maints amis. J'écrivis à Thomas Muritz mais ne reçus pas de réponse. Où était-il ? Au vrai, je ne me tourmentai pas plus pour lui que pour beaucoup d'autres. Cet engourdissement, cette indifférence forcée ne furent pas une des moindres dégradations que nous dûmes subir jusqu'en la meilleure part de nous-mêmes.

Quand reprit le trafic des trains je repris aussi mes séjours à Paris, fort rares d'ailleurs. Je ne passais guère dans la ville plus de quarante-huit heures. Je manquais de courage, ô douloureuse nécropole, pour cheminer dans tes rues désertées, qui ne furent jamais plus belles, jamais plus poignantes, – jamais plus funèbres. Je manquais de courage surtout pour en affronter les hontes diverses, ces drapeaux, ces affiches, ces journaux, plus tard ces étoiles...

C'était une de celles-ci, par un clair matin de juin, qui s'avançait vers moi. Comme toujours, je rougis (je n'ai jamais pu en croiser une, pas une fois, sans rougir). Et déjà je détournais la tête, avec cette lâcheté misérable qui m'empêche, toujours, de lancer dans un regard le message de fraternité qui seul pourrait atténuer mon humiliation, – déjà mes yeux malgré moi glissaient piteusement vers le sol, quand ils accrochèrent au passage une courte barbe très blanche, un front haut et clair, et ce regard souriant, plein de douceur...

Quoi, cette étoile... Et ma mémoire étonnée fit lever d'un coup tout ce que je savais de la famille de Thomas Muritz, – ces ancêtres, ces parpaillots...

Et d'un coup aussi je l'imaginai comme jadis avançant, avançant durement vers cette France généreuse... « La Marche à l'Étoile... » Ô Dieux ! fallait-il vraiment que ce fût, pour finir, cette étoile-là ?

Il m'avait pris le bras et il m'entraînait doucement, avec d'affectueuses questions sur moi et les miens, vers les marches qui mènent à ce petit square au bord de l'eau, sur le quai même de la Seine, d'où l'on embrasse à la fois la Cité et l'île Saint-Louis. Mais je répondais mal et bredouillant, peinant à me remettre d'une émotion contradictoire, celle de le retrouver ainsi, beau vieillard maigri mais si semblable à lui-même, celle de le voir porter, lui, lui... Je bredouillai davantage encore et il s'appuya tendrement sur mon bras pour s'asseoir. Il souriait sans la moindre trace d'amertume.

— N'est-ce pas vous, dit-il, ou bien André, qui aviez un vieux prof de maths dont la leçon un jour traita du mot de Cambronne ? Quand l'un de vous, disait-il, croit souiller ainsi son prochain, il se trompe : ce sont ses propres lèvres qu'il couvre d'ordure.

— Eh bien ! m'écriai-je, c'est bien pourquoi je me sens moi-même...

— Mais qu'avez-vous à voir là-dedans ? Laissez donc le vainqueur se salir : c'est tout bénéfice pour la France.

— Mais elle le laisse faire ! Mais *nous* le laissons faire, mais *je*...

— Voulez-vous encore offrir votre poitrine à ses tanks ? Ou quoi ? Porter vous-même une étoile comme l'ont fait ces jeunes étudiants qui maintenant meurent lentement en prison ?

— Mais vous-même, m'écriai-je, pourquoi la portez-vous ? Car enfin...

— Il faut croire qu'un parpaillot peut être juif, après tout. Jusqu'à quel point ? Je n'en sais rien, car ça ne m'intéresse pas. Ma mère était juive. Mon père ? Toute la lignée mâle est protestante. Du côté des femmes il y a des juives encore, je le sais. Combien et lesquelles, la Moravie est un peu loin pour aller fouiller tout ça, et d'ailleurs, n'est-ce pas, mon petit, je m'en fous.

— Je ne vous comprends pas, je ne vous comprends pas ! protestai-je (et c'était vrai). Il en est qui sont tout à fait juifs et qui... et qui ne la portent pas et je les approuve, je les approuve hautement ! Et vous, qui auriez toutes les raisons...

— Oh ! moi, mon petit, je suis trop vieux.

Ses paroles tombèrent dans le silence, car je ne compris pas tout de suite ce qu'il voulait dire. Trop vieux pour quoi ? Pour ne pas porter l'étoile ? Quel rapport l'âge avait-il...

— Vous ne me voyez pas pourtant, dit-il, à mon âge, allant faire sauter des trains, ou transporter des armes à travers champs, ou n'importe quoi du même genre ? Mais pas non plus, n'est-ce pas ? assistant impassible, du fond de mon fauteuil...

— Voulez-vous dire...

— Mais oui, qu'il faut faire le don de soi de façon ou d'autre. Quand des hommes sont persécutés, à quoi reconnaître un Français ? Et quand la France elle-même souffre, à quoi reconnaître ses fils ? Mettre sa petite personne en sûreté, fort bien : que du moins ce soit afin de pouvoir servir. Sinon, si l'on a le bras trop faible, qu'on reste à son rang, parmi les siens, – à porter avec eux leur croix...

— Mais quand le sacrifice est vain, – comme le vôtre ? Quand il est stérile ?

— Il ne l'est jamais. Et vous le savez. Êtes-vous de ceux qui jugent la France coupable de s'être jetée dans un combat perdu d'avance ? De s'être offerte en holocauste ? De ceux qui ne savent pas voir, – parce que tout ce qu'il y a de sordide, toujours, et de fangeux dans une défaite le leur cache –, qu'elle en sortira grandie, non diminuée ?

— Je ne sais pas, dis-je honnêtement. Grandie ? Je voudrais en être sûr. La fange, il me semble qu'on l'y a plongée bien profondément... Je crains... je crains qu'elle ne porte longtemps des traces, dans la mémoire des hommes...

— De quoi ? De la déroute ? de l'exode ? des pillages ?

— Oh ! non. Tout cela... oui, tout cela s'oubliera. C'est moche, c'est pitoyable mais anecdotique. Je veux dire : lié à toute mésaventure militaire. Non, je pense à des choses... avilissantes... et irréparables. Comme... comme ce que vous portez là. Ou l'abandon des Lorrains. Ou (je baissai la voix) la livraison, vraiment infamante, des réfugiés politiques...

— Quoi ?

Ce ne fut pas une exclamation, pas même un cri : un aboiement. Je me tournai vers lui, étonné. Il était rouge, les yeux un peu saillants. Je reconnus une de ces soudaines colères qui faisaient peur à son fils.

— C'est vous qui dites ça ? Comment osez-vous !... (il frappa le sol de sa canne...) Cet odieux mensonge !

Je restai muet, et ma surprise était si flagrante qu'elle sembla le calmer un peu, – à peine.

— Êtes-vous sot ou léger ? Vous faire... vous faire le colporteur d'un des plus sinistres canards...

— Mais, Monsieur Muritz...

— De qui croyez-vous faire le jeu ? Ne comprenez-vous pas, malheureux, que les Allemands... que la propagande allemande... qu'ils espèrent, en nous imputant cette horreur...

— Mais, Monsieur Muritz, c'est vrai ! C'est, hélas, sinistrement vrai !...

J'étais un peu furieux moi-même et, je l'avoue, je n'ai peut-être jamais autant manqué d'intuition. Cher Thomas Muritz ! Ne pas t'avoir compris, à cette minute... Je m'en veux encore.

Il me considérait, toute colère tombée, avec seulement ce genre de regard impatient qui reproche à un enfant son obstination.

— Mais non, mon petit, ce n'est pas vrai. Ça ne l'est pas. Ça ne *peut pas l'être*. Enfin, voyons !

Il tapota mon genou.

— Enfin, mon petit, voyons ! Je n'aime pas Pétain. Dieu sait que je ne l'aime pas. Mais tout de même... voyons ! Un Maréchal de France ! Voyons, voyons, mon petit, un MA-RÉ-CHAL DE FRANCE !...

Doux Thomas, cher Thomas, ah ! combien tu étais plus pur qu'aucun de nous. Ô toute-puissance de l'histoire, et des mots liés à l'histoire, sur une cervelle fervente ! Un maréchal de France... Oui, pensai-je, c'est toi qui as raison, cher Thomas. Il faut refuser... Et je dis :

— Alors, vous croyez...

Je le dis mal. Ou plutôt je le dis trop bien, je parus trop vite me rendre... Là encore je manquai d'intuition. Il n'eût pas fallu céder si vite. Il eût fallu...

— Mais voyons, dit encore Thomas (il baissa un peu la tête). Bien sûr, voyons...

Il fit quelques ronds sur le sable, avec sa canne. Il me sembla qu'il fallait trouver quelque chose à dire, tout de suite. Mais je ne trouvai pas. Et le silence dura, juste un peu trop longtemps.

Quand Thomas le rompit, cette voix troublée, cette voix hésitante...

— Parce que... dit-il enfin (ce mot, de n'être lié à rien, comme il en disait long...) parce que, si un jour je devais croire... si je devais cesser...

Il ne s'exprima pas davantage. Il avait relevé la tête, et il regardait, au-delà de l'île, par-dessus le quai, grimper les maisons de la montagne Sainte-Geneviève, et ce dôme, là-haut, sous lequel dorment les hommes illustres, autour duquel se pressent les Lycées, les Grandes Écoles, les Facultés.

*
* *

C'est ce dôme et l'énorme masse qu'il surplombe qui remplissent toute la fenêtre du bureau de Stani. Cette masse m'écrase – et le personnage, l'intelligence de Stani m'écrasent aussi. Le commerce des saints est difficile. Quel terrible miroir ! Trop de bonté est cruelle à la vanité d'autrui.

J'avais monté les marches de ces trois étages, le cœur aussi lourd que le ciel de cette fin d'automne. Ce qui serait dit là-haut, j'en savais l'essentiel. Plus de lumière n'aboutirait qu'à plus de peine. Mais comment refuser la lumière, fût-elle éprouvante ?

Stani m'ouvrit lui-même. Il n'était chez lui que pour quelques jours, le temps que lui fût trouvé un plus sûr refuge ; encore n'y couchait-il pas.

Nous venions de l'arracher à sa geôle (j'hésite à dire : nous, car ma part dans cette délivrance fut minime : quelques liaisons, quelques réunions d'amis de plus d'entregent). Tout était en règle : les papiers, les certificats de baptême, – sans le moindre truquage. Il n'en fallait que plus de prudence : quelque ennemi avait dénoncé en lui un juif polonais, – on n'avait pu savoir qui.

Un ennemi de Stani ! Il fallait bien y croire. Et d'ailleurs, oui, la sainteté, la grandeur doivent susciter la haine à l'égal de la richesse et du bonheur. Dieux, que d'âmes basses !

Qui l'avait plus basse, de celui qui le dénonça, ou du fonctionnaire qui le livra à l'ennemi ? « Cinquante otages demain matin ! » et l'on s'empressa : qui donner ? Parmi quels citoyens ? Des juifs naturalisés : quelle aubaine !

C'est ainsi que fut livré cet homme admirable. Naturalisé sans délai, sur la demande de ses professeurs émerveillés, pour pouvoir entrer rue d'Ulm. Dont le vaccin polyvalent préserve chaque année des milliers de vies françaises. Qui voulut, dans les deux guerres, servir parmi les simples soldats, et servit si bien, qu'il sortit de l'une médaillé, de l'autre avec un bras trop court.

« Inutile ! » avait-on répliqué quand, à Drancy, il sollicita le temps de préparer sa valise. Il sut dès lors quel sort l'attendait.

— Ma vie, je la dois peut-être à leur excès de zèle, me dit-il : ils donnèrent cent cinquante noms, de peur qu'on ne trouvât pas les cinquante assez vite. Le calcul était juste, quoiqu'un peu large :

nous étions une centaine réunis dans ce sinistre appentis... Heureux pour moi encore que les Fritz n'aient pas fait zigouiller tout le lot, puisqu'il était là... Qu'il ait fallu choisir... Vous savez comment ils s'y sont pris ?

Je secouai la tête. Il m'avait fait asseoir dans un de ces profonds fauteuils qu'on appelle, je crois, des clubs, et cette confortable indolence, dans cette chaude atmosphère, au milieu de ces tapis, de ces livres, de ces tableaux rendait son récit à la fois horriblement présent et fantastiquement irréel.

Lui-même était debout, il marchait lentement de long en large, d'un air las, et je ne cessais d'admirer ce visage de saint Jean-Baptiste, dont les traits tirés, les plis accentués ne parvenaient pas à effacer l'extrême douceur.

— J'aime mieux, dit-il, avoir été à ma place qu'à la leur. Des gendarmes français ! C'étaient de pauvres bougres, après tout.

— Non, non ! criai-je. Des lâches, rien d'autre.

Stani tourna la tête vers moi, par-dessus l'épaule, avec un sourire triste. Il ferma les yeux, hocha un peu l'épaule.

— Bah ! fit-il. Ils avaient des ordres. Toute leur vie, on les a dressés à trouver l'honneur dans l'obéissance. D'où vient le crime ? À quel degré de l'échelle ? Où commence-t-il ? Où finit-il ? Quant à ces pauvres types, j'imagine bien leur désarroi : « Cinquante seulement ! » et nous étions plus de cent. Quelle histoire ! Et pas le temps, n'est-ce pas, d'aller chercher des instructions. Non, voyez-vous, je me demande si ce ne fut pas un supplément de sadisme, de la part des Fritz, que d'obliger des gendarmes français à choisir eux-mêmes...

— Ou de mépris, Stani, ou de mépris.

— Ou de mépris... peut-être... De mépris pour qui ? Pour ces pauvres pandores affolés ? Ou pour les chefs qui... qui les ont...

— Pour tous, Stani. Pour l'ignominie de ces égoïsmes... de ce nouveau « Joseph vendu par ses frères... » Vendu, Stani, par ceux, d'entre tous les peuples de cette malheureuse planète, qui eussent dû se montrer grands... À des hommes qui n'ont en partage que quelques rochers desséchés, quelques marais nauséabonds, on peut pardonner beaucoup... d'être durs, d'être sordides... Mais aux Français ! La bienveillance de Dieu comporte des devoirs... des devoirs auxquels se soustraire est dégradant... Oh ! Stani ! Dans quelle abjection... Ce pays avare et repu qui refuse d'accepter l'épreuve ! Qui d'une main tremblante offre son fils adoptif...

— Oh ! Je sais, je sais... La nation est-elle coupable ? Il s'agit ici de quelques hommes. Ne demandez pas à de pauvres types plus qu'ils ne peuvent offrir.

Je ne pus réprimer un mouvement d'impatience.

— Vous êtes trop généreux, Stani. Votre indulgence...

Il balaya d'un geste indolent les mots que j'allais dire. Il me tournait le dos, près de la fenêtre, sa longue silhouette mince en ombre chinoise sur la vitre. Il se retourna.

— Parce que je plains nos bourreaux ? Minables bourreaux... si vous les aviez vus !...

Une ombre de sourire flotta sur ses lèvres.

— Quand ils ont ouvert la porte... parce que c'était la solution qu'ils avaient trouvée, oui : ils ont ouvert la porte et nous ont simplement dit de sortir. Nous attendions des feldgrau, aussi quand nous vîmes des Français... ces gendarmes, ces gars de chez nous... je crois... je crois... oui, que j'ai moi-même espéré, une seconde... le ciel, n'est-ce pas, les arbres, la liberté... de sorte que l'espoir, l'impatience... on s'est poussés un peu (il eut un ricanement triste), oui, bousculés, pour sortir, comme si... comme si...

Il avala une gorgée d'air, et l'expira, lentement, dans ses dents.

— Et les cinquante premiers...
— Oh ! Stani, soufflai-je. C'est horrible.
— Oui, dit-il... horrible...

Ses yeux gris, profonds et doux, restèrent longtemps fixés sur les miens. Enfin je pus dire, – m'obliger à dire :

— Et... Thomas Muritz...

Il acquiesça silencieusement, sans bouger, d'un lent mouvement de paupières.

— Croirez-vous, dit-il soudain (il avait repris sa marche lassée d'un mur à l'autre), croirez-vous que quand je l'ai vu là, je me suis réjoui !

Il s'arrêta en face de moi, ouvrit un peu les mains, hocha sa tête aux boucles grises.

— Je me suis réjoui ! de ne pas être seul ! Il faut croire... (il reprit sa marche)... il faut croire que nous sommes tous de belles brutes égoïstes, à moins... à moins qu'il soit vraiment impossible à l'homme de... « réaliser »... que la mort est vraiment là, à l'attendre.

Et que, obscurément, je me sois réjoui seulement de retrouver un compagnon, – pas plus, pas autrement qu'au régiment... Peut-être. Pourtant... lui, il a paru effrayé de m'y voir. « Bon Dieu ! Stani ! bégayait-il... Ils vous ont... ils vous ont... » Peut-être que, lui, « réalisait » mieux que moi. Peut-être que l'âge... C'est difficile, quand on se sent encore plein de forces, n'est-ce pas, de... de s'arracher à toute illusion.

« Pourtant... » commença-t-il encore mais il hésita. « Des illusions, reprit-il, s'il n'en avait eu lui-même... pourquoi aurait-il... Je n'ose dire qu'il ait flanché, mais,.. »

Il me regarda, à demi détourné encore, comme s'il eût attendu de moi quelque chose, ou voulu guetter sur mon visage quelque signe, quelque mouvement. Mais je restai immobile.

— Quel exemple, pourtant, il nous avait donné, pendant ces heures sinistres », dit-il, et il alla, une fois de plus, s'appuyer à la vitre. « Cette sérénité, ce détachement !... Tous ceux qui étaient là... oh ! ils n'offraient pas tous un beau spectacle. Beaucoup gémissaient. D'autres... Muritz les fit taire : un mot contre la France, et vous savez ce qu'il devenait. À la fin, nous étions tous autour de lui. Et quand la porte s'est ouverte, quand, au lieu des Fritz, on a vu les Français... »

Il resta silencieux, de longues secondes. Il regardait l'énorme mur, en face de lui, avec une insistance concentrée, comme pour y déchiffrer quelque antique inscription effacée.

— Il y a eu cette rumeur, reprit-il, ce fol espoir, ce début de bousculade... Quand Muritz est sorti, – un des derniers, – il m'a cherché des yeux, il m'a adressé un sourire triomphant...

« Pourquoi » murmura Stani d'une voix bizarre, – comme s'il m'eût demandé de répondre. « N'importe qui... n'importe qui aurait vu... il n'y avait qu'à regarder leur pauvre gueule, à tous, à ces malheureux pandores qui nous ouvraient. Il y en avait un... (il enfonça ses mains au fond de ses poches et reprit sa marche)... si pâle... navets et carottes : un drôle de petit rouquin...

— Oh ! Stani... un rouquin...
— Eh bien ?
— Les ambassadeurs... Ah ! Vous ne pouvez pas... Je vous expliquerai. Continuez.

— Il n'était que de le regarder, ce rouquin, pour comprendre... Je vous jure que j'ai vite compris ! Eh bien... c'est de lui, c'est de celui-là que Muritz s'est approché. Avec un bon sourire. Avec ce bon sourire qu'il avait. Il s'est approché, et lui a donné deux tapes amicales derrière l'épaule... Si vous l'aviez vu sauter !

— Qui ? Le rouquin ?

— Oui. Un de ces bonds ! Une seconde après, Muritz avait son revolver dans les côtes. Pauvre Pandore ! Quelle panique !... « Au mur ! Au mur ! » criait-il.

« Après ça... »

Stani cessa de marcher. Il me regardait, mais comme on regarde parfois, sans voir. Et il passait un doigt sur son front, lentement.

— Le reste est moins beau. Il semble que Muritz, d'un seul coup... Ah ! je ne sais pas. Il a... il a... tout perdu de son... plus d'allure, plus d'allure du tout. Je ne peux pas oublier ça, tant c'était... pitoyable. Il regardait le gendarme, le rouquin, avec des yeux... des yeux dilatés, et il bredouillait sans fin « non... non... » en tendant les mains... Qu'attendait-il de lui, bon Dieu ! Je n'ai jamais vu regarder un homme comme ça... Et tout à coup il s'est mis à se frapper les tempes de ses poings, avec désespoir, et à pleurer... avec des sanglots... Bon Dieu ! Je n'aurais pas voulu... J'aurais voulu ne jamais voir...

« Après ça, ils ont fermé la porte. J'ai encore entendu la voix de Muritz qui criait. « Non ! » et puis...

Il frissonna :

— Les Hotchkiss...

Qu'ajouterais-je ? La gorge serrée par le chagrin et l'amertume, je tentai de faire comprendre à Stani que ces larmes, que ces cris ne furent pas, hélas ! ceux d'une ultime frayeur. Mais ceux – et j'en ai le cœur déchiré – de la détresse, du désespoir, de l'horreur, de l'agonie d'un amour assassiné.

Mon Dieu, pourquoi n'avez-vous pas aveuglé Thomas jusqu'à la fin ? Pourquoi voulûtes-vous qu'en la brève seconde de ce dernier regard il aperçût ce visage horrible, – ce visage que nous portons tous en nous – nations ou hommes, – celui de la part désespérée qui fut toujours à Mammon ? De quoi l'avez-vous puni ? Ou de quoi m'avez-vous puni ? Car depuis qu'il n'est plus, chaque jour la réalité de son existence m'accable, – de son existence en cette mortelle seconde que je n'ai pas su, que nous n'avons pas su, que ceux qui sont restés dignes de son amour n'ont pas su lui épargner.

Et s'il faut, mon Dieu, que je porte en moi désormais le souvenir – imaginaire mais tenacement, mais atrocement présent – de cet ultime regard, pourquoi m'en punissez-vous dans la limpidité de mon amour pour ma patrie ? Car je sais bien, je sens bien qu'il y a quelque chose d'altéré dans cet amour. Que peut-être je ne pourrai plus, jamais, penser à la France avec la joie pure de jadis. Oh ! pas à cause de la France. À cause de ce regard.

Et pourtant, je le sais aussi, cela ne troublera guère nos importants, – tous ces habiles qui ont les deux pieds sur la terre et toisent la grandeur d'une nation à la mesure de ses profits. Peut-être, même, prendront-ils avantage de ce que je viens d'avouer pour triompher : « Notre amour, à nous, ne fléchit pas pour si peu ! » Ils me donneront encore des leçons de patriotisme. Que répondrai-je ? Ils sont plus forts que moi, ils me fermeront la bouche.

LE SONGE

Est-ce que cela ne vous a jamais tourmenté ? Quand, dans les jours heureux, allongé au soleil sur le sable chaud, ou bien devant un chapon qu'arrosait un solide bourgogne, ou encore dans l'animation d'une de ces palabres stimulantes et libres autour d'un « noir » fleurant le bon café, il vous arrivait de penser que ces simples joies n'étaient pas choses si naturelles. Et que vous vous obligiez à penser à des populations aux Indes ou ailleurs, mourant du choléra. Ou à des Chinois du Centre succombant à la famine par villages ; ou à d'autres que les Nippons massacraient, ou torturaient, pour les envoyer finir leurs jours dans le foyer d'une locomotive.

Est-ce que cela ne vous tourmentait pas, de ne pouvoir leur donner plus qu'une pensée – était-ce même une pensée ? Était-ce plus qu'une imagination vague ? Fantasmagorie bien moins consistante que cette douce chaleur du soleil, le parfum du bourgogne, l'excitation de la controverse. Et pourtant cela existait quelque part, vous le saviez, vous en aviez même des preuves : des récits indubitables, des photographies. Vous le saviez et il vous arrivait de faire des efforts pour ressentir quelque chose de plus qu'une révolte cérébrale, des efforts pour « partager ». Ils étaient vains. Vous vous sentiez enfermé dans votre peau comme dans un wagon plombé. Impossible d'en sortir.

Cela vous tourmentait parfois et vous vous cherchiez des excuses. « Trop loin », pensiez-vous. Que seulement ces choses se fussent passées en Europe ! Elles y sont venues : d'abord en Espagne, à nos frontières. Et elles ont occupé votre esprit davantage. Votre cœur aussi. Mais quant à « ressentir », quant à « partager »... Le parfum de votre chocolat, le matin, le goût du croissant frais, comme ils avaient plus de présence...

Vous vous êtes replié sur la France, sur Paris, un peu comme on dit : nous nous battrons sur la Marne, sur la Seine, sur la Loire... Bientôt ce furent vos propres amis dont chaque jour vous apprenait l'emprisonnement, la déportation ou la mort... Vous ressentiez cruellement ces coups. Mais quoi de plus ? Vous restiez enfermé, à double tour, dans votre wagon sans fenêtre. Et le soleil dans la rue, la tiédeur d'une alcôve, le maigre jambon du marché noir continuaient d'avoir pour vous une présence autrement réelle que les cris d'agonie de ceux dont quelque part on brûlait les pieds et les mains.

Pourtant, cette sordide solitude, il m'est arrivé d'en sortir. L'imagination, impuissante à l'état de veille, prend dans le sommeil un miraculeux pouvoir. L'imagination ? Voire. Appelons-la comme ça, si vous voulez. J'ai d'autres idées là-dessus. J'ai vu en songe des choses étranges, que ni l'imagination, ni la vie inconsciente ne peuvent expliquer. Des choses qui se passaient, tandis que je les rêvais, à des milles de là. Pas de preuve, naturellement, il n'y a jamais de preuves en pareille matière. Mais ce que j'ai vécu, en certaines circonstances du sommeil, est pour moi la preuve très suffisante de l'existence d'une vaste conscience diffuse, d'une sorte de conscience universelle et flottante, à laquelle il nous arrive de participer dans le sommeil, par certaines nuits favorisées. Ces nuits-là, nous sortons vraiment du wagon plombé, nous pouvons voir enfin par-delà le talus...

*
* *

Une de ces nuits, je marchais par une campagne dénudée. Je marchais avec peine. Le ciel était excessivement bas, et pendait par morceaux, par langues de gaze déchiquetées, qui traînaient sur le sol et s'accrochaient aux ronces. Je cherchais mon chemin parmi elles, évitant de les traverser car outre que j'étais aussitôt perdu dans un brouillard opaque, l'épaisseur s'en faisait sentir encore par une lourde résistance. Je devais les pousser devant moi, les soulever comme de pesants rideaux de damas blafards. Je m'épuisais et n'avançais guère. La terre était noire. Elle était humide et spongieuse. Les pas s'y marquaient, par une légère cuvette d'abord, qui s'emplissait bientôt d'une eau fuligineuse où nageaient des débris de mousse calcinée et de bois pourri. Il flottait une odeur étrange, qui n'était pas celle de l'humus ou de la corruption, une odeur composite qui fleurait le pus et la sueur. Elle m'écœurait et m'angoissait. Je marchais avec peine et commençais à retrouver mes propres traces. Allais-je donc en rond ? Je tentai de m'écarter, de suivre une direction droite. Mais toujours je retrouvais mes traces, de plus en plus pressées. Bientôt je piétinai une boue noire et glacée où les traces s'entremêlaient comme si des milliers d'hommes les eussent faites.

Pourtant j'étais seul. Il me semblait traîner derrière moi une solitude séculaire. Tout ce que j'avais qui la brisât peut-être, c'était un souvenir : avant d'être là, j'avais dû traverser une rivière, sans doute. Et deux cygnes, deux cygnes noirs s'étaient, je crois, levés à mon approche. Je me souvenais mal, mais je me souvenais de leur immense forme d'ombre, tandis qu'ils passaient par-dessus ma tête. Je me rappelais le bruit de leur vol, celui du vent dans leurs plumes, et ce souffle glacé sur mon front. Ce souvenir aussi m'angoissait.

Je ne sais quand je pris conscience de n'être plus seul. On marchait devant moi. Je voulais aller plus vite, rattraper cette forme fuyante. Je ne la voyais jamais nettement, il y avait sans cesse entre nous une langue de brume ou une autre. Par moments, tout s'effaçait, laissant dans mon cœur un vide atroce. Puis je l'apercevais de nouveau, un peu dansante et dégingandée, grisâtre et silencieuse.

Assez soudainement elle fut à mon côté. Elle marchait près de moi, du même pas que moi, mollement et sans bruit. Je constatai que c'était le corps d'un homme, affreusement maigre. Son visage était pâle et carré, il souriait bizarrement. Son bras tendit devant moi une longue main osseuse, comme pour me désigner quelque chose.

— Je ne vois pas, dis-je.

Je ne parlais pas à un inconnu. Je veux dire que ce n'était pas un inconnu pour moi, à ce moment-là. Nous nous connaissions très bien et toutes sortes de souvenirs communs nous liaient. Je lui demandai donc :

— Que me montrez-vous ? Je ne vois rien.

Il ne répondit point mais secoua sa main décharnée, l'index étendu, avec un peu d'impatience.

— Mais répondez donc, m'écriai-je.

Alors il tourna vers moi son étrange face souriante, lunaire et ravagée. Il ouvrit la bouche et je vis l'horrible langue tordue, racornie, noire et déchirée, qui s'enroulait comme un escargot cuit. Et je me rappelai qu'en effet on la lui avait brûlée au fer rouge. Je la voyais trembler comme celle d'un jars qui veut mordre. Ce suprême effort pour parler était pathétique et intolérable. Il m'emplit d'une sorte de dégoût que ne pouvaient surmonter ni la pitié ni la colère. Je me détournai et voulus prendre à témoin deux autres formes humaines qui lentement passaient à ma gauche, mais l'aspect de ces hommes me coupa le souffle. Ils étaient si décharnés que je ne pus comprendre où ils trouvaient la force de soutenir la charge qu'ils transportaient, un énorme fer en T, rugueux et rouillé, qui leur déchirait l'épaule. Ils marchaient en silence, avec une lenteur hésitante et macabre, et j'entendais seulement leur souffle comme un gémissement entrecoupé. Le premier tendait en avant une tête dont le crâne semblait énorme au-dessus du visage où la peau collait à l'os. Il avait dans la nuque une dépression bordée de deux tendons où l'on eût pu mettre le poing. Les cheveux courts et noirs avaient pris une teinte poussiéreuse. La sueur les plaquait par endroits, et à d'autres ils avaient laissé la place à la peau nue, une sorte de pelade où s'étaient formées des croûtes dont quelques-unes saignaient. Son compagnon était plus petit. Le fer pesait davantage sur son épaule et la meurtrissait cruellement. Le visage était couvert de mille petits plis, comme un ballon d'enfant à demi dégonflé. La peau était couleur de cendre. Les yeux ressortaient au point qu'on s'attendait à ce qu'ils roulassent, comme des billes, et le blanc était tout griffé. Je vis aussi que l'une de ses oreilles était à demi décollée du crâne, séparée de lui par une gouttière sanguinolente, courant entre deux lèvres frisées et suintantes. Ils passèrent tous deux comme des ombres, mais d'autres les suivaient. Mes pieds me parurent peser cent kilos et rien n'aurait pu me faire avancer d'un pas. Je vis un torse à moitié nu, sous des haillons, les côtes se soulevaient et s'abaissaient comme un soufflet, et sous l'estomac qui semblait s'être résorbé tant il était creux, l'effort gonflait l'abdomen, et l'on voyait rouler sous l'étoffe, à chaque pas, de molles grosseurs inquiétantes. Je vis un homme dont le corps était encore obèse et blanc tandis que les bras et les jambes étaient déjà squelettiques et violacés. Ses yeux étaient pâles et comme aveugles dans un cerne couleur d'encre, et bien que le froid me glaçât les os, ses cheveux, sa chemise étaient collés de sueur. Un autre eût semblé presque normal, si le nez, les tempes, les oreilles n'eussent été couverts de nervures dures comme celles d'une feuille. Une narine un peu enflammée s'était agrandie d'une façon bizarre, comme si une souris fût venue la ronger pendant la nuit. Un autre, dont les clavicules formaient deux salières profondes, poussait péniblement devant lui un ventre énorme qui semblait avoir dégringolé entre les cuisses. Un autre portait à l'aisselle des ganglions si turgescents, qu'on eût dit qu'ils s'étaient répandus sous l'épiderme comme des entrailles. Tous avaient une peau étrange, brouillée comme un lait qui tourne, de la cire souillée de terre, excoriée de dartres, de gerçures, de bourgeons, comme si l'organisme se fût révolté, eût voulu protester, se faire entendre par ces cris rouges ou ces gémissements blanchâtres.

Leur âge ? Je ne saurais le dire. Tous les âges sans doute, mais comment le savoir ? Sur le coup j'eusse dit : « Vieux, très vieux », mais aussitôt je me serais repris. Il en était même, sûrement, de très jeunes. Je vois encore, émergeant de la brume, ce visage saisissant... Ces lèvres fines, fragiles, douloureusement entrouvertes sur de petites dents très blanches, dont plusieurs manquaient. Et tout autour, cette peau couleur de zinc, crevassée comme celle d'un vieux paysan... Ces trois rides profondes sur lesquelles tombaient de douces boucles blondes... Et ces yeux enfoncés, dilatés, dans des paupières ocreuses et fripées comme un délicat papier de soie qui sert depuis longtemps... Un autre avait encore un front tout blanc et tout lisse, comme on ne l'a qu'à seize ans. Mais là-dessous, le visage semblait avoir subi une catastrophe inexplicable. Les yeux ne laissaient voir qu'une pupille fiévreuse, noyée dans une conjonctive rouge comme une plaie. La bouche, exsangue, s'effondrait entre deux parenthèses enflammées qui creusaient les joues, du nez au menton. Mais le cou était encore fragile, lisse et souple comme celui d'une fillette.

Le brouillard s'était levé. J'apercevais maintenant la campagne autour de moi, si l'on peut nommer cela une campagne : un cirque à peine vallonné, dont un côté courait se perdre au loin dans une brume sale, dont les autres s'élevaient vers des collines informes. Cette terre noire, boueuse et émiettée, partout. Pas un arbre. Pas un lambeau de verdure où l'œil se repose. Le ciel noir comme la terre. Dans une dépression qu'il fallait bien appeler une vallée, je distinguais des constructions géométriques, noires comme le ciel et la terre, et plus tristes, plus funèbres encore d'être en rangs. Par files de dix, une trentaine dans chaque rang, de quoi, pensai-je, abriter deux douzaines de mille d'hommes. Au milieu, une construction plus haute, autrefois blanche, avec une cheminée de brique autrefois rouge, mais devenue noirâtre comme le reste, comme la fumée qu'elle vomissait. C'était là que j'allais. Je me remis en marche. C'était loin encore et j'avais le cœur si lourd ! La terre collait à mes pieds, et mes regards, où qu'ils se portassent, ne rencontraient que ces groupes faméliques, ces ombres efflanquées, écrasées sous des charges diverses, qu'elles transportaient dans ce lugubre silence... Des piles de madriers, des sacs de ciment, des poutrelles de fer... Il y avait d'autres formes aussi, vêtues de noir, celles-là robustes et alertes.

Ces hommes-là ne portaient rien qu'une trique. Ils allaient parmi les groupes, veillant à ce qu'il n'y eût point d'arrêt. Le long d'un remblai je croisai l'un de ces pitoyables attelages. L'homme, derrière, s'était laissé tomber, avait lâché l'extrémité du madrier qu'il portait. Il était étendu tout de son long, la figure dans la terre boueuse. Son compagnon devant lui, debout, voûté, immobile, semblait porter sa croix, et ne bougeait pas, il ne regardait pas, il ne pensait sans doute pas, il ressemblait à ces pauvres chevaux abrutis qui attendent, la tête pendante, le coup de fouet qui les fera repartir. Pendant ce temps un homme noir, accouru, tentait de faire lever l'homme épuisé, à coups de trique. Je fus pris de nausée, il me semblait que l'homme ne pouvait que se laisser mourir sous les coups. Mais non. Il souleva sa carcasse décharnée, il souleva même le madrier, et l'attelage repartit en titubant. Un peu plus loin un homme seul, ployé sous un sac plus lourd que lui, squelette recouvert d'une peau cireuse et ballottante, les talons à vif humectant le bord des chaussures délabrées de sang et d'humeur, vomissait en marchant, ou plutôt tentait de vomir une bile avare qui coulait le long du menton et du cou. Son estomac se contractait en spasmes horribles, et un homme noir lui donnait du cœur au ventre à coups de trique dans les reins.

Il y avait des hommes moins épuisés. Ceux-là avaient encore un regard. Était-ce plus supportable ? On n'y lisait que la détresse et la peur. On ne voyait pas encore leurs os sous la peau, mais celle-ci déjà prenait un aspect fripé, granuleux et blême, qui annonçait la déchéance en marche. On devinait les boursouflures qui bientôt seraient de l'œdème, des rougeurs qui bientôt seraient des ulcères, des lividités qui bientôt se gonfleraient de pus. Je ne sais si ce n'était pas encore plus poignant de les voir à peu près sains et de savoir ce qu'ils deviendraient. J'avançais. J'avais affreusement froid. Je ne sais si c'était la bise ou la peine, mes yeux laissaient couler des larmes qui glissaient brûlantes sur mon visage. J'avançais. Près d'une pile de sacs de ciment un corps misérable gisait, un peu recroquevillé. Il était visible qu'il était mort. Un homme noir le retournait du bout de sa trique, comme on retourne une méduse échouée sur le sable, d'un air à demi indifférent, à demi dégoûté. Je vis le visage, que la mort avait nettoyé de ses impuretés, et qui était beau – qui avait retrouvé sa beauté. J'aurais voulu m'enfuir, mais je ne pouvais pas. Je pouvais seulement marcher lourdement. Et je dus marcher en rond. Car il me sembla bien rencontrer plusieurs fois ce couple funèbre, l'homme noir taquinant du bout de sa trique, avec un mépris blasé, le corps inerte à ses pieds. J'avançais. En passant une fondrière, je marchai sur quelque chose de mou. Mon cœur bondit et je fis un saut. C'était une main. La paume d'une main. Elle appartenait, cette main, à un homme couché sur le dos, les bras en croix. Le visage étique bougea un peu et les yeux posèrent sur moi leur regard vague. Ce fut un peu comme si j'étais regardé par une bête sous-marine, comme par un poulpe. Oh ! c'était intolérable. Je n'aurais pas pu toucher à cet homme, non, pour rien au monde. Et je m'éloignai, je continuai ma route, poussant avec peine mes pieds pesants. Pourtant je ne pus éviter d'entendre, derrière moi, le bruit de la trique sur les os.

Je dus voir bien d'autres choses que ma mémoire a laissé perdre. Je me rappelle un groupe, à quelque distance des baraques, une centaine d'hommes à demi visibles dans la fumée que le vent chassait par lambeaux. Ils étaient en ligne, au garde-à-vous, une mauvaise valise ou un balluchon à leurs pieds, des pieds mal chaussés qui macéraient dans la boue glacée. Ils semblaient valides, bien qu'ils fussent tous curieusement blêmes, comme ces endives qu'on cultive en cave. Seules les oreilles étaient rouges sous la bise, et toutes ces paires d'oreilles étaient d'un comique lugubre. Depuis quand étaient-ils là ? Il y avait des trous dans leurs rangs, certains étaient tombés, on les laissait où ils étaient tombés. L'immobilité des autres était hallucinante dans la fumée agile, elle s'expliquait par la présence de quelques hommes noirs qui déambulaient, la trique sous le bras, en se frottant les mains pour les réchauffer. Je les dépassai. En vient-il ainsi toujours, me demandai-je, toujours d'autres ? Et où les met-on ? Et soudain je me rappelai le mort, et les autres, et le numéro que j'avais vu cousu à l'épaule de l'homme muet, cent soixante mille et quelques, et ces baraques pour combien ? trente mille au plus, et alors un flot de fumée s'abattit sur moi, et me prit à la gorge, et je respirai une odeur si atroce que mon corps se couvrit de chair de poule, une odeur de soufre un peu, mais une autre aussi, une odeur abominable d'os calcinés et de charogne. Et je regardai avec épouvante la construction grisâtre et sa cheminée fantomatique dans ses falbalas de fumée, et je compris dans un frisson terrifié leur signification sinistre.

Ici ma mémoire tombe dans un trou. Comme si cette fumée et mon effroi fussent une mixture délétère et que ma conscience eût succombé. Il me semble que j'ai longtemps évolué dans cette fumée. Et tout de même, oui, je revois des choses – des îlots de souvenirs déserts. Je revois mon compagnon à la langue brûlée. Sa face carrée, blanche, torturée et qui m'offre toujours ce sourire secret et glacé – et je comprends bien maintenant que c'était le sourire de Yorick. Et il me montre la paume de ses mains, brûlées comme sa langue, couvertes de cloques suppurantes et de lambeaux saigneux et noircis. Et il sourit, il sourit. Je me rappelle encore un homme qui court, et je me demande comment il peut courir avec ces pieds énormes, déformés et blessés, et ces jambes comme deux triques, articulées autour du genou volumineux comme une transmission à cardans ; et pourtant il court, et j'entends en passant son halètement rauque, pressé, dont je ne sais s'il trahit l'essoufflement ou la peur. Il y a aussi cet enfant que je tiens, sanglotant, dans mes bras. Qui était-ce ? Je ne sais plus. Je me revois seulement l'étreignant, pressé contre moi. Je mêle mes sanglots aux siens. Il y a toujours cette fumée, et dans les cheveux de l'enfant je vois courir la vermine. Et j'ai croisé encore les hommes en ligne, mais beaucoup plus tard, après bien des heures. La lumière du jour a changé et s'assombrit. C'est moi qui cours, cette fois, je passe en courant, et ils sont toujours là, les pieds dans la boue, immobiles dans les déchirures de la fumée mêlée au vent d'hiver. Leurs rangs se sont encore éclaircis. Et ils n'ont plus les oreilles rouges. Toute la peau qu'on voit, les mains, le visage, les oreilles, ont la même couleur bleuâtre. Et j'ai revu enfin, une dernière fois, mon premier compagnon. On l'emporte sur une civière. Un drap recouvre entièrement son corps raidi. Pourtant je vois, *sous* le linceul, son visage blafard, son visage qui sourit. Mais, ah ! ce n'est plus désormais le même sourire. Maintenant qu'il est mort il a perdu le sourire de Yorick. Ce sourire-là est heureux, et je sais que c'est à moi qu'il est destiné, comme un signe fraternel, comme un message d'espérance.

Et puis...

Comment cela est-il survenu ? Comme en songe. En songe il n'y a pas de comment. Maintenant, j'étais un de ces hommes. Je ne le suis pas devenu : je l'étais. Depuis toujours. Je n'étais plus ce spectateur qui tantôt les regardait avec une pitié pétrifiée. Je ne l'avais jamais été. J'étais seulement un de ces hommes-là. Je traînais ma charge, comme eux, et mon corps en ruine, comme eux. Je n'avais pas d'autres souvenirs que ma fatigue et ma douleur. Pas d'autres souvenirs que ceux qui s'étaient inscrits, jour après jour, que ceux qui s'inscrivaient d'heure en heure dans ma chair. Tout ce que j'avais de conscience se ramenait en ces deux points : celui où ma charge déchirait ma peau, écrasait l'os, celui où mes entrailles me semblaient devenues si lourdes qu'elles pesaient sur le bas-ventre à le rompre. Si j'avais un désir, c'était seulement le désir intarissable, interminable, le désir seulement de me coucher et mourir.

Mais je savais d'une science d'animal, d'une science de cheval dans ses brancards, que je ne pouvais ni me coucher, ni mourir... Car l'homme n'est pas seul dans sa peau, il y loge une bête qui veut vivre, et j'avais de longtemps appris que, si j'eusse accepté avec bonheur que la trique des hommes noirs me tuât sur place, la bête, elle, se relèverait sous les coups, comme la souris à demi morte, les reins brisés, tente encore d'échapper à son tortionnaire. Je le savais et cela rendait mon atroce fatigue et mon atroce désir encore plus atroces et cruels.

Et si au fond de ce puits, au fond de cette inépuisable géhenne, si au fond de cette hébétude déchirée j'avais une pensée – s'il me restait un sentiment, c'était l'amer crève-cœur, c'était le déchirement, c'était le désespoir désert et glacé de savoir que des gens, par le monde, des hommes comme nous, avec une tête et un cœur, connaissent notre existence et notre vie, et qu'ils mènent leur vie à eux, leurs affaires d'argent, d'amour, et de table, qu'ils avancent chaque jour parmi les choses et dans le temps sans nous consacrer l'obole d'un souci. Et que même il en est d'autres, oui, qu'il en est d'autres, d'autres qui parfois songent à nous – et que cette pensée fait sourire.

Novembre 1943.

L'IMPUISSANCE

À la mémoire de Benjamin Crémieux

On est plus ou moins sensible, n'est-ce pas, aux malheurs des autres. Mon ami Renaud le fut de tout temps à l'extrême. C'est pourquoi je l'aime, s'il arrive souvent que je le comprends mal.

Je le connais depuis si longtemps qu'il m'est difficile d'imaginer une part de ma vie sans lui, – sans qu'il soit plus ou moins mêlé à elle. Pourtant je me rappelle quand je l'ai vu la première fois. Quand il est entré, long et mince, avec cet air qu'il avait, à la fois surpris et attentif, dans la classe du père Clopart. Il dit son nom, et je compris : « Rémoulade ». Clopart dut l'entendre ainsi lui-même car il le lui fit répéter. J'entendis « Rémoulade » encore, et les premiers temps je lui donnai sincèrement ce nom. En fait, il s'appelait Houlade – Renaud Houlade. Il avalait un peu les syllabes.

On le fit asseoir à deux ou trois rangs derrière moi. Il vit donc très bien le camarade qui, devant lui, me saisit en manière de jeu par le col de ma veste et me secoua comme on fait d'un prunier. Et moi je laissai tomber, en guise de prunes, une volée de gouttes d'encre qui s'en furent souiller les cahiers de mes deux voisins. Il s'ensuivit un brouhaha dont je fus tenu pour responsable, et la minute d'après j'étais occupé, dans le couloir, à guetter les bruits de pas et à tenter de reconnaître si, parmi eux, ne s'entendraient pas ceux du directeur. J'avais le cœur tout bouillant de l'injustice qui m'était faite.

Alors la porte de la classe s'ouvrit de nouveau et je vis sortir Rémoulade. Il vint à moi en souriant. Un sourire un peu étrange : à la fois crispé et railleur, – un mélange d'indignation et de triomphe. Il dit :

— Je me suis fait fiche à la porte.
— Toi aussi ? Exprès ?
— Oui, dit-il. Je ne pouvais pas tout de même, n'est-ce pas, cafter le copain. Mais je pouvais encore moins tolérer ce qu'on t'a fait. Alors voilà : je me suis fait fiche à la porte.

J'ai oublié comment il s'y était pris. (Je crois qu'il avait, tout simplement, sifflé un petit air.) Mais je n'ai pas oublié que notre amitié date de ce jour, – non parce qu'il avait fait cela pour moi (il ne me connaissait pas), mais à cause du caractère que son acte laissait deviner. J'étais profondément conscient de la gravité d'un tel geste commis dès son entrée à l'école, du risque bravement encouru d'être à jamais noté comme une « mauvaise tête ». En vérité, il se montra ce jour-là comme il fut toute sa vie : toujours prêt à charger sur ses propres épaules le poids de n'importe quelle injustice, – toujours prêt à payer lui-même pour les péchés du monde.

On imagine ce que durent être pour lui ces quatre ans que la France a passés au fond des catacombes. Ce n'est pas une fois, mais dix, qu'il m'a fallu l'empêcher de commettre quelque irrémédiable sottise. Il voulut arborer l'étoile jaune, se porter otage volontaire. Il finit par comprendre la vanité de ces révoltes. D'autres ont souffert, ont maigri de faim. Lui maigrissait, se consumait de rage rentrée. Inutile de vous dire qu'il se lança dans la résistance à corps perdu. C'est un miracle qu'il soit encore en vie. Mais l'activité, les dangers courus n'éteignaient pas en lui ce feu d'imagination que chaque jour nourrissait d'une pâture nouvelle.

J'avais pris l'habitude de l'aller voir quotidiennement dans son pavillon de Neuilly. Cela lui faisait du bien. Je lui servais d'exutoire pour tout ce qui débordait de son cœur tourmenté. Je me suis fait, plus d'une fois, traiter de tous les noms. Ensuite il allait mieux.

Ce jour-là, j'étais porteur d'une lamentable nouvelle. Tout le long du chemin, j'avais hésité à la lui apprendre. Il y avait beaucoup de lâcheté dans mes hésitations, puisqu'il fallait bien que la chose lui fût dite un jour. Quand je franchis sa porte, je m'étais repris et décidé.

Si j'avais su... mais je ne savais pas. Il ne me dit rien quand j'arrivai : je n'appris le répugnant massacre du village d'Oradour que plus tard. Il avait eu entre les mains, lui, le matin même, cet étrange compte rendu préfectoral, d'une simplicité sinistre, qui circula quelque temps puis disparut. Et qui ne fut suivi d'aucune protestation officielle. Je suppose

— je suis sûr qu'il m'attendait pour éclater. Il était très, très pâle. Mais j'étais trop tourmenté moi-même par ce que j'avais à dire pour y prendre garde. Lui vit mon désarroi, et alors il attendit.

— J'ai eu des nouvelles de... (je toussotai)... des mauvaises nouvelles.

Il me fallut un temps pour rassembler mon courage. Enfin je pus avouer :

— ... De Bernard Meyer.

Il dit seulement : « Ah », comme on dirait : « Nous y voilà ». Il avait le visage prodigieusement fermé. Je ne m'attendais pas à ce qu'il montrât ce calme glacial. Je m'attendais à quelque agitation fébrile. Non que Bernard Meyer fût, pour lui ni pour moi, ce qu'on appelle un ami. Mais tout le monde l'aimait. Tous ceux qui, de près ou de loin, avaient approché « la boîte » ne pouvaient faire que l'aimer, – sauf les médiocres et les envieux. Il avait, à tous et à chacun, rendu plus de services que quiconque sur terre. Avait-on fait (ceux qui l'auraient pu) tout le possible pour le tirer de Drancy ? Nous savions bien, Renaud et moi, que non. Et nous savions bien pourquoi, – et que ce n'était pas reluisant.

— Il est mort, dis-je, et le regard fixe et glacé de Renaud ne m'aidait guère pour parler. En Silésie, dans son camp, poursuivis-je avec une constance méritoire. Et après un long intervalle j'ajoutai enfin les deux petits mots terribles, les deux mots dont nous savons désormais ce qu'ils résument de souffrances, de tortures et d'horreurs, les mots laconiques que portait l'avis de décès : *D'extrême faiblesse...*

Renaud ne dit rien. Il me regardait toujours. Et je sus que l'image de Bernard Meyer flottait entre nous, celle à la fois du Bernard que nous avions connu, – ce long visage blanc ; ces yeux tout ensemble vifs et rêveurs, cette barbe légendaire que tout ce qui écrit et pense dans le monde avait connue quelque jour, ce chaud accent plein de soleil... – et celle du misérable visage désespéré qu'il avait dû traîner dans la mort... « D'extrême faiblesse »... Je sentais ces deux mots, si horriblement suggestifs pour quiconque sait le martyre de ces camps-là, faire leur chemin dans l'âme de Renaud.

... a tale unfold, whose lightest word

Would harrow up thy soul ; freeze thy young blood ;

Make thy two eyes, like stars, start from their sphere[1].

Les longues minutes de lourd silence qui passèrent alors, je ne les oublierai pas. Il faisait chaud, les volets étaient fermés aux trois quarts pour sauver ce qui se pouvait d'une fraîcheur mourante... Un insecte – guêpe ou bourdon – se cognait sans cesse au vasistas avec l'entêtement absurde d'une fatale incompréhension... Renaud n'avait rien dit, pas un mot. Rencogné au fond du divan, il me regardait. Me voyait-il ? C'était un regard de pierre. Tout en

---

1. ... Une chaîne de visions dont la plus douce lacérerait ton âme, gèlerait ton jeune sang, ferait surgir tes yeux comme des astres hors de leur sphère. *(Hamlet.)*

lui était de marbre : ses lèvres serrées, son nez mince, son front qui luisait doucement, éclairé par un reflet vague, – la lueur un peu verte d'un rayon passé au travers des arbres...

Je ne sais trop comment je me retrouvai dehors. La vérité est que j'avais fui : à peine si j'avais bredouillé quelque chose concernant la nécessité d'apprendre la nouvelle à d'autres. Je me sentais le vaincu d'un étrange combat. Comme un qui s'est préparé, qui a bandé ses forces en vue de résister à l'assaut furieux d'un adversaire, et que celui-ci soudain embrasse en pleurant.

Mais, tandis que je marchais lentement sous le soleil, la vérité confusément commençait de m'apparaître : quelque élément m'était caché, c'est à quelque place déjà blessée que j'avais dû frapper Renaud. Mon désarroi dès lors se mua en inquiétude. Je connaissais trop bien Renaud pour ne pas imaginer quelle rafale intérieure devait recouvrir ce silence farouche. Je pris peur un peu. Oh ! je ne pensais à rien de *vraiment* tragique, – mais à quelqu'un de ces gestes inconsidérés et, surtout, imprévisibles...

Ma mémoire flottait d'un souvenir à l'autre... Quand il avait soudain quitté la Sorbonne, abandonnant son oral au bac, parce qu'on avait « collé » Mouriez... Les démarches que j'avais faites avec mon père par une journée aussi chaude que celle-ci, pour faire relever Renaud (artilleur à Rennes) d'un engagement à la Légion, – parce qu'un juteux sadique martyrisait un pauvre gars hébété... Et cet abandon (du jour au lendemain) d'une élégance discrète mais sévère pour un laisser-aller de chandails et de savates, – parce qu'il avait acquis la preuve qu'un homme admiré, grand bourgeois d'une famille de notables, n'était qu'un Tartufe sans scrupule...

Je revins sur mes pas. Oui, la dernière vision emportée de lui, immobile, pâle et obstinément muet sur son coin de divan, me sembla tout à coup le prodrome d'un de ces coups impétueux et baroques. Je ne me trompais guère.

Je le trouvai dans son jardin. Il avait déjà accumulé branches et branchages, avec des débris de caisses, des éclats de planches et de lambris, en vue de je ne sais quel bûcher. Et là-dessus commençaient de s'entasser les trésors durement rassemblés durant sa vie, – qui étaient le sel de sa vie : livres, objets, tableaux... Mon cœur sauta à la vue de ceux que je reconnus : le coin d'un volet de retable qui n'était sans doute pas de Memling, mais assurément de l'école de Bruges. Une petite marine mouvementée de Jules Noël, romantique symphonie de gris et de bleus profonds. D'une autre toile, je ne voyais que le dos, mais j'en reconnaissais le cadre, – celui d'un « nain » (par Picasso) dont il me semblait voir le visage mélancolique, plein de douceur. Une petite boîte de citronnier, toute simple, mais qui contenait, je le savais, quantité de dentelles vieilles et adorables. Et cette étrange ceinture qui avait dû ceindre quelque courtisane à la taille de guêpe, seize menues plaques d'ivoire où un artiste charmant avait peint seize petites scènes des amours de Zeus... Tout cela nageait, avec maints objets moins vite reconnus, parmi les livres. Et je vis qu'il n'avait pas choisi. Qu'il avait déversé pêle-mêle les éditions les plus humbles et les plus rares. Des volumes écornés, à demi débrochés à force d'avoir été lus, voisinaient avec les *Illuminations* en originale, les contes anonymes de Nodier dans un cocasse cartonnage romantique, *la Princesse de Clèves* en reliure d'époque. Je reconnus le Hugo qu'il tenait de son père, le Proust auquel manquait, comme un œil, *l'amour de Swann*, les Conrad et les Woolf de Tauchnitz, tous ces livres que j'avais si souvent feuilletés et empruntés. Dominant le tout, une petite main de bronze, la main longue, souple, mince et délicate d'un Bouddha du Népaul, semblait muettement offrir sa protestation désespérée. Quand j'arrivai, Renaud vidait ses bras de toute une charge de Balzac. Je l'appelai d'un cri depuis le seuil.

Il se retourna. Ces yeux gris et luisants, brûlants et glacés, comme je les connaissais ! Il baissa le front, dans un mouvement de jeune taureau.

— Eh bien ? dit-il. Je voyais ses mâchoires remuer, et je le sentais tendu sur ses jambes, comme prêt à bondir. Je m'approchai.

— Écoute, Renaud... commençai-je en levant une main. Il bondit en effet, écarta les bras, me barra la route. Je voulus prendre son poignet, mais il se dégagea d'un geste brusque. « Renaud, suppliai-je, écoute-moi. À quelle folie encore... »

— Folie ? lança-t-il. Il enfonça ses mains dans ses poches et partit à rire. C'était un rire forcé, mécanique, violent et pitoyable. Folie, dis-tu ! Folie, vraiment... Tu n'es pas fou, TOI. Oh ! non, pas du tout. Il me regardait comme s'il m'eût haï.

Je compris que si je ne parlais pas très vite il allait me prendre par les épaules, me pousser dehors.

— Renaud, Renaud, m'écriai-je, tu n'as pas ton sang-froid. Attends. Écoute-moi. Que vas-tu faire ? À quoi rime cet holocauste ? Qui donc vas-tu punir ? Toi, une fois de plus, et quand...

Il m'interrompit et cria :

— Non ! Il secoua la tête. Moi ? Me punir moi ? D'une main il sembla balayer ces mots et tout à coup se pencha vers mon visage. Non, non... cria-t-il et il me lança dans la figure : Le mensonge ! Il répéta, il hurla du plus fort qu'il pouvait : Le men-son-ge !

Je crus qu'il m'accusait.

— Qui ? protestai-je. Quel mensonge ?

Prit-il garde à ma question ? Probablement pas tout de suite. Il continuait sur le même ton de colère furieuse :

— Le plus grand, le plus sinistre mensonge de ce monde sinistre ! Mensonge ! Mensonge ! Mensonge ! Lequel dis-tu ? Tu ne sais pas, vraiment ? Oui, oui, je vois ce que c'est. Tu en es, toi aussi, tu en es comme j'en étais. Mais je n'en suis plus, c'est fini. Adieu, n-i-ni fini, j'ai compris ! cria-t-il dans un éclat de rage exaspérée et il se détourna vers le bûcher et fit un pas.

Je le rattrapai par la manche. Mais ce fut lui qui m'entraîna et en trois sauts nous fûmes auprès de l'amoncellement. Il y donna un coup de pied et je vis voler en l'air la *Chartreuse de Parme*. Et tout à coup il agrippa mon épaule, et m'obligeant à me pencher sur ces trésors accumulés :

— Mais regarde-les, cria-t-il, et salue-les donc, et bave-leur donc ton admiration et ta reconnaissance ! À cause de ce qu'ils te font penser de toi-même. Puisque te voici, grâce à eux, un homme si content de soi ! Si content d'être un homme ! Si content d'être une créature tellement précieuse et estimable ! Oh ! oui : remplie de sentiments poétiques et d'idées morales et d'aspirations mystiques et tout ce qui s'ensuit. Nom de Dieu, et des types comme toi et moi nous lisons ça et nous nous délectons et nous disons : « Nous sommes des individus tout à fait sensibles et intelligents. » Et nous nous faisons mutuellement des courbettes et nous admirons réciproquement chacun de nos jolis cheveux coupés en quatre et nous nous passons la rhubarbe et le séné. Et tout ça qu'est-ce que c'est ? Rien qu'une chiennerie, une chiennerie à vomir ! Ce qu'il est, l'homme ? La plus salope des créatures ! La plus vile et la plus sournoise et la plus cruelle ! Le tigre, le crocodile ? Mais ce sont des anges à côté de nous ! Et ils ne jouent pas de plus au petit saint, au grave penseur, au philosophe, au poète ! Et tu voudrais que je garde tout ça sur mes rayons ? Pour quoi faire ? Pour, le soir, converser élégamment avec Monsieur Stendhal, comme jadis, avec Monsieur Baudelaire, avec Messieurs Gide et Valéry, pendant qu'on rôtit tout vifs des femmes et des gosses dans une église ? Pendant qu'on massacre et qu'on assassine sur toute la surface de la terre ? Pendant qu'on décapite des femmes à la hache ? Pendant qu'on entasse les gens dans des chambres délibérément construites pour les asphyxier ? Pendant qu'un peu partout des pendus se balancent aux arbres, aux sons de la radio qui donne peut-être bien du Mozart ? Pendant qu'on brûle les pieds et les mains des gens pour leur faire livrer les copains ? Pendant qu'on fait mourir à la peine, qu'on tue sous les coups, qu'on fait crever de labeur, de faim et de froid mon doux, mon bon, mon délicieux Bernard Meyer ? Et que nous sommes entourés de gens (des gens très bien, n'est-ce pas, cultivés et tout) dont pas un ne risquerait un doigt pour empêcher ces actes horribles, qu'ils veulent lâchement ignorer, ou dont ils se fichent, que quelques-uns même approuvent et dont ils se réjouissent ? Et tu demandes « quelle folie encore... ? » Nom de Dieu, qui de nous est fou ? Dis, dis, où est la folie ? Oseras-tu prétendre que tout ce fatras que voilà est mieux qu'une tartuferie, tant que l'homme est ce qu'il est ? Un sale soporifique, propre à nous endormir dans une satisfaction béate ? Saloperies ! s'écria-t-il d'une voix si aiguë qu'elle s'enroua de colère. Je n'en lirai plus une ligne ! Plus une, jusqu'à ce que l'homme ait changé, mais d'ici là, plus une ligne, tu m'entends ? Plus une, plus une, plus une !

Il m'avait lâché. Ces derniers mots il les cria en tapant du pied, comme un enfant coléreux que le chagrin met hors de lui. Il saisit la branche d'un arbuste et l'arracha. Il donnait des coups à droite et à gauche, sur n'importe quoi, en répétant « plus une, plus une ! », mais tout à coup sa voix se brisa dans un étrange gargouillis, et enfin les larmes s'échappèrent, et tout son corps, abandonnant soudain sa violence, sembla se tasser sur lui-même ; et moi, le prenant à mon tour par le bras, je pus à pas lents le conduire jusqu'à son divan, et il s'y laissa tomber, et il enfouit sa tête dans un coussin et s'abandonna tout à fait aux sanglots.

Il pleurait vraiment comme un enfant désespéré. Je crois bien que je pleurais aussi, silencieusement, en le regardant. Je m'étais assis près de lui, et je tenais une de ses mains dans les miennes, et il s'y accrochait, – il s'y retenait et s'y pendait, tout à fait, vraiment, comme un enfant. Ce désespoir dura longtemps, – il me parut prodigieusement long. Mais, pour finir, comme un enfant les larmes peu à peu eurent raison de lui, comme un enfant il s'assoupit dans la pénombre de plus en plus épaisse de ce long jour finissant, tandis que le secouaient encore, d'instant en instant, de petits soupirs convulsifs.

Alors je montai à l'étage chercher la vieille Berthe, afin qu'elle m'aidât. La nuit était tombée. Berthe ne demanda rien. Elle se contenta d'un regard sur Renaud, endormi et pitoyable, et secoua un peu la tête. Et c'est silencieusement que nous remîmes toutes choses à leur place.

Mais depuis j'ai perdu moi aussi la joie de la lecture. Pensé-je comme Renaud ? Non pas, tout au contraire ! L'art seul m'empêche de désespérer. L'art donne tort à Renaud. Nous le voyons bien que l'homme est décidément une assez sale bête. Heureusement l'art, la pensée désintéressée le rachètent.

Et pourtant, depuis ce jour, j'ai perdu la joie de lire. Mais c'est à cause de moi : c'est moi qui ai mauvaise conscience. Devant mes tableaux, devant mes livres, je détourne un peu les yeux. Comme un filou, pas encore endurci, qui ne peut jouir avec un cœur tranquille de ses trésors dérobés.

Juillet 1944.

LE CHEVAL ET LA MORT

Je n'écoutais guère leurs histoires. Elles m'amusent parfois, mais le plus souvent je les trouve stupides. Je réchauffais le petit verre d'alcool dans mes mains, et je riais comme les autres, au mot de la fin, par cordialité. Il me semblait bien que notre hôte faisait tout comme moi. Pourtant (quand Jean-Marc toussa pour éclaircir sa voix) il leva les yeux sur lui, sourit, et montra bien qu'il écoutait.

— La mienne est vraie, d'histoire, dit Jean-Marc. Je n'ai pas toujours été le bourgeois bedonnant que vous voyez. Je n'ai pas toujours été gérant d'immeubles. J'ai été un aspirant-architecte que les copains aimaient bien parce qu'il était fantaisiste. C'est extraordinaire combien la fantaisie est une qualité fragile.

« Ce jour-là… ou plutôt cette nuit-là, nous étions une demi-douzaine à avoir bien bu et bien chanté chez Balazuc, vous savez, rue des Beaux-Arts : son tavel. Ça se boit comme de l'eau….

— Ça se buvait, dit Maurice tristement.

— Ça reviendra, dit Jean-Marc. Nous déambulions le long du boulevard Saint-Germain. Il était minuit… une heure. Nous cherchions quelque chose à faire, quelque farce à faire. Je n'ai jamais très bien compris comment la chose se trouvait là : un tombereau vide avec un cheval, attaché à un arbre. Sans cocher, sans rien. C'était un bon gros cheval, qui dormait debout, la tête pendante. Nous l'avons dételé, et il nous a suivis bien tranquillement, à la manière des chevaux, qui semblent toujours trouver ce qu'on leur demande à la fois un peu étrange et tout à fait naturel. Nous lui montions sur le dos alternativement, et ceux qui restaient à pied l'excitaient de la voix et du geste. J'ai même réussi à lui faire prendre le galop, une fois, oh ! pas longtemps : sur dix ou douze mètres. Si nous le laissions à lui-même, il ralentissait l'allure jusqu'à s'arrêter, et il s'endormait sur place. Nous lui avons fait faire je ne sais quels détours. À vrai dire, nous en avons eu bientôt assez, mais nous ne savions que faire de lui. Pas question d'aller le remettre à son tombereau : c'était trop loin. Nous étions arrivés rue d'Assas, ou rue de Fleurus, par là.

« C'est alors que j'ai eu l'idée. Connaissez-vous la rue Huysmans ? La rue la plus sinistre de tout Paris. C'est une rue entièrement bourgeoise : entendez qu'elle a été construite en une fois, avec de chaque côté des maisons de pierre de taille, de style bourgeois. Pas une boutique, vous n'avez pas idée combien une rue sans boutiques (sans boutiques du tout) peut être lugubre. Personne n'y passe. Une rue grise, guindée, vaniteuse, toujours déserte. Une rue de pipelets, de pipelets bien élevés, qui ne sortent jamais sur le pas de leur porte. J'ai tout à coup pensé que j'avais l'occasion de me venger de cette rue.

« De me venger, tout au moins, d'un des pipelets. N'importe lequel. Nous avons amené là notre cheval. On a sonné à une porte, une superbe porte en fer forgé, avec de grandes vitres. On a fait entrer le bon dada, on l'a poussé jusque devant la loge. L'un de nous a dit d'une voix très forte, a crié comme un locataire attardé, d'une voix un peu hennissante :

« — Chevaâal ! »

« Et nous sommes sortis en le laissant là. Je ne sais rien de la suite.

« Ça n'a pas l'air très drôle, mais... Tout de même, il suffit d'un peu d'imagination. D'imaginer d'abord le bon bourrin, tout seul dans le hall, immobile, l'air idiot et un peu embêté. Et le pipelet, qui entend ce nom bizarre, il ne se rappelle pas ce locataire-là. Qui entrouvre sa lucarne, – qui voit ça (un vrai cheval dont la longue tête tourne vers lui son regard triste) et qui, pendant une minute, dans son demi-sommeil, se demande si maintenant les chevaux rentrent chez eux vraiment en disant leur nom... Moi, depuis vingt ans que c'est arrivé, je jubile chaque fois que j'y pense. »

Notre hôte posa son verre et dit :
— Je vais vous raconter la plus belle histoire sur Hitler.

Ce coq-à-l'âne me parut plutôt étrange.

— Au fond c'est la même histoire, reprit-il, c'est pourquoi j'y pense. C'est encore une histoire vraie. C'est Z... qui la raconte, il connaît très bien Brecker. Ce ne serait pas une preuve qu'elle fût vraie, mais je suis certain qu'elle l'est. Car elle ne finit pas. Quand une histoire est imaginaire, on lui trouve une fin.

« C'est quand Hitler est venu à Paris, en 41. Vous savez. Il est arrivé à cinq heures du matin. Il s'est fait conduire ici et là. Il y a une photo atroce, – atroce pour nous – où il est sur la terrasse du Palais de Chaillot. Devant l'un des plus beaux, devant peut-être le plus beau paysage urbain du monde. Avec tout Paris à ses pieds. Tout Paris endormi et qui ne sait pas que Hitler le regarde.

« Il s'est fait conduire aussi à l'Opéra, dans la salle. La salle de l'Opéra à six heures du matin… vous imaginez cela. Il s'est fait montrer la loge du président de la République, et il s'y est assis. Assis tout seul, dans cette loge, tout seul dans cette salle à six heures du matin. Je ne sais pas si cela vous dit quelque chose. Moi je trouve cela pathétique, je trouve cette visite de Paris pathétique. Cet homme qui a conquis Paris mais qui sait bien qu'il ne peut posséder cette ville qu'endormie, qu'il ne peut se montrer à l'Opéra que dans le désert poussiéreux de l'aube…

« Mais tout cela n'est survenu qu'après. Ce que je veux vous raconter se passe d'abord, dès son arrivée. C'est Brecker qui le reçoit, le morne Brecker que Hitler appelle son Michel-Ange. Et le Führer lui dit :

« — Avant tout emmène-moi où tu habitais, il y a vingt ans. Je veux d'abord voir où tu travaillais, je veux voir ton atelier à Montparnasse.

« Alors la voiture met le cap sur la rue Campagne-Première, ou sur la rue Boissonade, je ne sais plus trop, enfin une de ces rues-là. Brecker hésite un peu, tâtonne un peu, bien des choses ont changé depuis vingt ans. Tout de même il reconnaît l'espèce de grande porte cochère. On descend et on frappe.

« Ici il me semble qu'il vous faudrait faire le même effort d'imagination que pour le pipelet au bourrin.

Ce n'est pas cette fois un pipelet mais une vieille gardienne ; on ne peut pas ouvrir de la loge, il faut descendre. Ces coups insistants la réveillent, elle se demande, un peu tremblante, ce qui se passe, enfile une vieille douillette, ou une pèlerine, descend son demi-étage encore bien sombre, et tripote quelque peu de ses vieilles mains la grosse serrure indocile avant de parvenir à ouvrir la porte...

« Enfin elle ouvre, elle regarde. Et elle voit...

HITLER

« C'est toute l'histoire... Mais elle est surprenante et elle en dit long, parce que justement on comprend bien qu'il est superflu de raconter le cri terrorisé que la vieille jeta et comment elle repoussa précipitamment la porte sur cette incroyable vision. Autant dire qu'elle vit le Diable. Car enfin cela aurait pu être tout aussi bien d'autres Allemands : elle aurait eu peur certes, elle se fût dit : "Qu'est-ce qu'ils viennent faire ?" mais elle les eût fait entrer – en tremblant sans doute – mais enfin c'est tout. Ou bien imaginez Franco, ou même Mussolini. Elle ne les aurait probablement pas reconnus si vite et puis quand même : elle n'aurait pas repoussé la porte avec ce cri d'horreur épouvantée. Non, non : nous voyons bien que ce qu'elle a trouvé derrière la porte était aussi terrifiant, aussi horrifique et redoutable que si c'eût été la Mort, la Mort avec sa faux et son linceul, et ce sourire sinistre dans les mâchoires sans lèvres. »

Août 1944.

L'IMPRIMERIE DE VERDUN

I

— À bas les voleurs !

Vendresse l'avait poussé de tout son cœur ce cri vindicatif, en ce captieux février. Il y croyait. Il détestait les voleurs. « C'est eux qui nous ont menés où nous sommes. »

Je l'aimais bien, Vendresse. Il était fervent et sincère. Sa sincérité, sa ferveur se trompaient de chemin, c'est tout. Il m'appelait : « Bolchevik ! » en riant à moitié, à moitié seulement. Il savait que je n'étais pas « du Parti », que je ne serais jamais d'un parti. Mais j'étais encore moins du sien : le seul qui fût honnête à ses yeux, le seul où l'on aimât l'ordre et la patrie. Il n'aimait guère davantage les « types de l'A. F. », des chambardeurs encore, dans leur genre. Oh ! il était aussi pour le chambard, mais un chambard ordonné, un chambard contre les voleurs.

— Mais où sont-ils, ces fameux voleurs ? disais-je.

— Eh bien, par exemple ! s'indignait-il en me regardant avec des yeux tout ronds.

— Lisez donc, insistais-je, ce qu'écrivait l'autre jour un de mes amis : « Pourquoi, disait-il, ne va-t-on pas plutôt crier "à bas les assassins !" à la gare de l'Est, et brûler les vieux wagons de bois qui tuent les voyageurs par deux cents à la fois, parce que l'assurance coûte moins cher à la Compagnie que des wagons neufs ? »

— Oh ! protestait Vendresse, des wagons qui peuvent encore servir !

C'était là tout mon Vendresse, et je regardais avec amusement sa petite imprimerie tout encombrée d'objets inutiles, – vieux clichés, vieilles clefs, vieux cendriers-réclames, vieux écrous et même un vieux manomètre de quelle chaudière ? – qu'il ne pouvait se décider à jeter : « ça pourrait servir ».

Imprimerie de Verdun. Ce nom surprenait sur l'étroite boutique, dans son encoignure du Passage d'Enfer, à Montparnasse. Pourquoi Verdun ? L'enfer de Verdun ? se demandait-on. En somme, il y avait de ça, bien que le rapprochement ne fût pas volontaire. Vendresse était mi-apprenti mi-compagnon en 14 quand éclata la guerre. Son patron parti, il garda la maison ouverte jusqu'à son propre départ, à la fin de 1915. Tous deux furent blessés à Verdun, dans des régiments différents. Vendresse s'en remit très bien. Mais on dut couper le pied droit du patron : gangrène. Un peu plus tard, il fallut remettre ça au-dessus du genou. Puis toute la cuisse y passa, et enfin la jambe gauche se prit. Quand il alla sur le billard pour la sixième fois (l'autre cuisse), il coucha Vendresse sur son testament et lui légua l'imprimerie, en souvenir de Verdun.

C'est ainsi que Vendresse, en 1924, devint son propre patron, et baptisa l'imprimerie de ce nom glorieux. Oh ! c'était une modeste affaire : « bilboquets » seulement, faire-part, en-têtes de lettres, dépliants... Une minerve automatique, une presse à pédale, et une drôle de vieille presse à bras. C'est pour celle-ci que je venais : épreuves pour mes éditions.

Petit patron mais, n'est-ce pas, patron. Il tenait énormément à cette qualité. Voilà sans doute pourquoi il était allé crier « à bas les voleurs ! » pour protester contre les impôts. Lesquels sont trop lourds parce que les Juifs s'engraissent, que les francs-maçons volent, que les « bolcheviks » sabotent.

Il faisait une grande différence entre ces diverses entités et les individus qui les composent. Ainsi son compagnon était Juif, franc-maçon et antifasciste. Ce qui n'empêchait point Vendresse, malgré cette triple tare, de l'apprécier fort. « Il y en a de bons », disait-il. C'était, ce compagnon, un petit gars de Briançon, ardent, vif, travailleur et adroit, qui avait fait Verdun, lui aussi. Après la guerre, il avait racheté à un sien cousin une petite imprimerie dans le Piémont, à Pignerol. Le fascisme l'en avait chassé. Vendresse l'avait embauché, toujours en souvenir de Verdun. Dacosta et lui s'engueulaient ferme trois fois la semaine à cause de Mussolini. Après quoi ils allaient prendre un pot rue Campagne-Première. Ils s'adoraient.

*
* *

Ça faillit tourner mal en 36. Dacosta se sentit obligé de faire la grève, par solidarité. Il en prévint son patron, en l'assurant qu'il ferait des heures supplémentaires les semaines suivantes, pour compenser, au même prix. Vendresse tempêta, menaça de le chasser. « S'il y avait la grève des patrons, dit

Dacosta, tu la ferais, s'pas ? Même si je te menaçais de partir. » Vendresse continua de gueuler, pour la forme. Mais l'argument le toucha. Il était très sensible à la justice.

La crise de Munich fut très aiguë à l'imprimerie. « C'est une honte, une honte », disait Dacosta et sa bouche étroite tremblait sous la petite moustache courte, et ses yeux noirs s'embuaient de larmes. « Allons, allons, disait Vendresse, faut être juste : si les Tchèques les maltraitent, ces Sudètes, tout de même ! il n'a pas tort Hitlère. » « Et les Juifs, ils ne sont pas maltraités en Allemagne ? On fait quelque chose pour eux ? » disait Dacosta avec une rage rentrée. « Faudrait voir, disait Vendresse. Propagande communiste tout ça. » « Et les Sudètes c'est pas de la propagande ? Patron, patron, je te le dis : d'abandon en abandon, on ira loin. Dans trois ans, nous serons vassalisés. » « Vassalisés ! tonnait Vendresse. Vassalisés ! On l'est pas déjà, vassalisés ? Par les Juifs et les francs-maçons ? » Suivait un silence pénible. Le commis, juif et franc-maçon, regardait son patron avec une douce ironie... Et Vendresse se sentait un peu bête, fourgonnait ses poches pour y chercher une pipe qu'il savait absente, déplaçait ses petites lunettes rondes sur son petit bout de nez rose, remuait ses grosses lèvres sous la moustache roussie par les mégots.

Vint la guerre. Vendresse et Dacosta avaient passé quarante ans tous deux. Ils furent mobilisés dans les compagnies de travailleurs. Je connaissais des gens au Premier Bureau : Vendresse me demanda d'intervenir et, en avril 40, ils furent réunis. Leur compagnie travaillait dans la forêt de Compiègne. Dacosta était sergent, Vendresse cabot seulement : ils trouvaient ça drôle.

Quand, en juin, les Fridolins menacèrent Compiègne, la compagnie fut chargée d'abattre des arbres en travers de la route, entre la Croix-Saint-Ouen et Verberie. Vers le soir, ils commencèrent d'entendre le défilé des blindés sur la rive droite de l'Oise, et pareillement en forêt sur la nationale 332, tandis que l'aviation pilonnait le carrefour de Vaudrempont. Ils regagnèrent en hâte leur cantonnement de Saint-Sauveur, et n'y trouvèrent plus personne : le capitaine avait filé dans sa Citroën, avec ses deux lieutenants.

« Salauds, dit Dacosta. Ah ! elle est belle, ton élite, dit-il à Vendresse. L'assureur-conseil, le marchand de liqueurs et le petit freluquet d'active. De beaux patriotes ! » « Faut pas généraliser, dit Vendresse, énervé. Et puis, peut-être qu'ils ont eu des ordres. » Quoi qu'il en fût, Dacosta prit le commandement de la compagnie abandonnée, et commença de lui faire faire retraite. Ils échappèrent de justesse aux panzer, à Senlis, furent rattrapés à Dammartin, se dégagèrent à la faveur de la nuit, passèrent la Marne au barrage de Tribaldou, et décrochèrent définitivement à Pithiviers. À part quelques traînards, vieux pépères de quarante-huit ans qui se laissèrent prendre, affalés à bout de souffle dans un fossé, Dacosta mena sa compagnie au complet jusqu'à Gien. Ils subirent quelques pertes au passage de la Loire ; un groupe de la deuxième section, sous la conduite d'un vieux cabot découragé, abandonna pendant la nuit, entre

Bourges et Montluçon ; toutefois en arrivant enfin, exténués, à Clermont, Dacosta conservait le contrôle de plus des deux tiers de son unité. Il fut cité à l'ordre de l'armée. Le général G*** le félicita en public.

Pétain prit le pouvoir. « Enfin ! » dit Vendresse.

« Eh bien, dit Dacosta, t'as pas peur. » « De quoi ? aboya Vendresse. Il n'y a que lui pour nous tirer de là. Si on l'avait appelé plus tôt... Pétain : Verdun. De quoi as-tu peur ? » « Kapout République, dit Dacosta. Et quant à nous, les Juifs, ça va barder. » Du coup, Vendresse rigola. « Tu sais qu'au fond, les Juifs, je les emmerde, mais les gars comme toi... Verdun et les palmes... le Vieux, laisser tomber ses poilus ? Tu es un beau salaud ! »

On les démobilisa le 3 août au matin. Un train était formé, pour les libérés parisiens, le soir même. Ceux qui voulaient rentrer devaient se décider sur l'heure : les Allemands n'accepteraient plus ensuite, assurait-on, les retours individuels. Ce fut pour Dacosta une décision angoissante : allait-il se fourrer dans les pattes des Fritz ? « Avec le nom que j'ai, ils sont foutus de m'embarquer pas plus tard qu'à Moulins. » « Tu penses ! dit Vendresse. Ils s'en moquent pas mal. T'en fais pas, je te dis. Tu ne risques rien avec le Vieux. Pas d'histoires : tu rentres avec moi. »

Il rentra.

*
* *

L'imprimerie fut rouverte et, petit à petit, le travail reprit. Tout marchait bien, sinon que les rapports se tendaient un peu entre le patron et son commis. Vendresse triomphait : « Tu vois, hein, le Vieux ? Même ici, les Fridolins n'osent rien faire. » « Va voir dans l'Est et dans le Nord », disait Dacosta. « Bobards », disait Vendresse. Là-dessus, la discussion tournait à l'aigre.

Vers la fin de janvier, Vendresse reçut une visite. C'était un collègue, enfin, un galvano. Sa carte portait : *Membre de l'Association des Imprimeurs-Graveurs-Brocheurs anciens combattants. – Membre de l'Amicale des Vieux de Verdun.* Il s'appelait Paars. Il était gras, un peu trop élégamment vêtu. Ses grosses joues plutôt molles, rasées de près, étaient couperosées sous la poudre. Ils parlèrent d'abord de la pluie et du beau temps, comme il se doit, pour faire connaissance. Et puis :

— Alors, tu as fait Verdun, toi aussi ? dit Vendresse (on se tutoie entre « Vieux de Verdun »).

— Et comment, dit Paars.

— Quel secteur ?

— Eh bien... à Verdun, dans la ville quoi. Aux unités de passage. » Il cligna de l'œil. « Le filon. »

— Ah ! oui...

Il y eut un silence. « Et qu'est-ce qui t'amène ? » dit Vendresse.

— Voilà, dit Paars, on est quelques-uns aux Vieux de Verdun à trouver que c'est le moment de se débarrasser des Juifs dans la profession. On fera une pétition à Vichy. Tu marches avec nous, naturellement ?

Vendresse ne répondit pas tout de suite. Il fourgonnait ses poches, pour y chercher une pipe absente. Il déplaça quelques vieux écrous, quelques vieilles clefs, et le vieux manomètre, comme si cela fût à faire de toute urgence. Il dit enfin, sans se retourner :

— Moi, je marche avec le Maréchal. Je pense que ce n'est pas à moi de lui dire ce qu'il faut faire ; c'est à lui de nous le dire, à nous de faire ce qu'il dit. Voilà ce que je pense.

Il se retourna, s'en fut derrière son bureau, s'assit. Ses grosses lèvres remuaient sous la moustache roussie.

Il toussa.

— Et alors, dit-il enfin, la galvano, ça marche à peu près ?

— Eh bien, dit Paars... moi, n'est-ce pas, je n'ai plus ma boîte, depuis trente-huit. Les manigances d'un Juif, comme de juste. Mais (il cligna de l'œil) ça ne lui portera pas bonheur... Allons, dit-il en se levant, c'est dit, hein ? Je mets ton nom.

— Une minute, une minute, dit Vendresse. Les Juifs, c'est entendu, je les emmerde. Seulement...

Il retira ses lunettes, les essuya. Ses yeux étaient tout petits sans les lunettes. Il les remit.

— Il y a des Juifs à l'Amicale ; j'en connais. C'est embêtant.

— S'ils étaient au casse-pipe, dit Paars avec une espèce de rire qui chevrotait entre les bords d'une moue méprisante, c'est qu'ils ne pouvaient pas faire autrement. Pas de sentiment, mon vieux.

— Oui, oui, bien sûr, dit Vendresse. N'empêche, j'aime mieux attendre. Le Maréchal...

— Quoi le Maréchal ? Ah ! oui, ce qu'on dit qu'il a dit : « Il y avait des Juifs à Verdun... » Tu m'amuses : tu préviens tes clients, toi, quand tu veux les avoir ? Allons, allons, décide-toi : tu donnes ton nom, tu ne le donnes pas ?

— Non, vois-tu, je ne le donne pas, dit Vendresse.

— Bon, dit Paars. Je ne peux pas t'obliger. Tu réfléchiras. Je ne pensais pas que tu blairais les Juifs.

Vendresse dit, vivement et comme agacé :

— Je ne les blaire pas. Puis, d'une voix plus calme, un peu hésitante : mais ça m'embête de... Le jour où Pétain nous dira...

— Rassure-toi : tu n'attendras pas beaucoup.

Paars échangea quelques mots encore avec Vendresse, des mots pour la forme et sans objet, puis il partit.

Vendresse tournicota longtemps dans son petit bureau. Avant d'entrer enfin dans l'atelier, il jeta un dernier coup d'œil au portrait en couleurs naturelles du Maréchal, au milieu du mur. « Je hais les mensonges... »

Il entra et regarda Dacosta, qui passait des faire-part sur la presse à pédale.

Il tournicota encore dans l'atelier, fourgonnant ses poches à la recherche d'une pipe mythique. Ses grosses lèvres remuaient. Il jetait sur Dacosta des coups d'œil en coulisse.

Pour finir, il ne dit rien.

*
* *

Dacosta s'était marié peu de temps avant la guerre. Il avait un fils de trois ans bientôt et une fille de vingt mois.

Ils habitaient un petit logement coquet, propre et ensoleillé, qui donnait sur le cimetière Montparnasse, rue Froidevaux. Le dimanche, ils aimaient à y recevoir Vendresse à déjeuner. Devant la fenêtre, il y avait comme une petite terrasse couverte de zinc avec un garde-fou en fer. Vendresse et Dacosta, par beau temps, y prenaient le café. Ils étaient d'accord pour trouver qu'un cimetière, ce n'est pas triste.

Un dimanche vers onze heures, Vendresse se rasait avant de partir, on sonna chez lui. C'était Paars. Oh ! que Vendresse ne se dérange pas, qu'il finisse sa barbe : visite en passant seulement, rien que pour bavarder.

Paars cala ses grosses fesses dans le petit fauteuil de cuir, dont le crin s'échappait un peu d'un côté. Il ne semblait pas très bien savoir où mettre ses gros bras. Ses bajoues couperosées débordaient le petit col empesé qu'ornait coquettement un nœud papillon. Il avait des yeux un peu bizarres, mal plantés dans les paupières, comme ceux d'une limande.

— Alors, dit-il en riant, toujours enjuivé ?

Vendresse émit, sous la mousse du savon, quelque chose qui pouvait être un grognement ou un rire.

— Tu as vu, le Maréchal, poursuivit Paars, hein, qu'est-ce que je te disais ? Tu les as vues, les lois de Vichy ?

— Pétain ne fait pas ce qu'il veut, dit Vendresse. Il paraît qu'il a dit qu'il ne les approuvait pas, ces lois.

— Des clous, dit Paars. Regarde ça : tu reconnais ?

Il tendait sa boutonnière. Vendresse reconnut la francisque.

— N'a pas ça qui veut, dit Paars.

— Tu es dans les huiles ? dit Vendresse.

— Un peu que j'y suis. Je suis à la répartition du cuivre. C'est Grandet qui m'a mis là. Tu le connais ? Non ? Tu aurais pu : c'était un bonnet dans les Vieux de Verdun et aussi dans la ligue à Deloncle, tu sais (il rit), la synarchie, la cagoule, comme ils disent... Il a parlé de moi au Maréchal. Il faut dire que je connais bien la situation dans l'imprimerie, du point de vue politique, s'entend. Et puis Grandet fait sur le cuivre des opérations d'envergure et je peux lui prêter la main. Bref, ton Maréchal, je l'ai vu. Grandet lui avait dit que j'avais des idées, concernant la décentralisation des grosses affaires dans la profession... Je lui ai parlé des Juifs, tu vois, alors... J'ai dit : « Il faut les briser. » Il a dit : « Vous êtes juge de ce qu'il faut faire dans votre partie. » J'ai dit : « Le bruit court, monsieur le Maréchal, que vous les protégez un peu, à cause de ceux qui sont anciens combattants. » Il a souri, comme il fait, tu sais : avec un œil qui cligne un peu. Et il a dit : « Je dois ménager la sensibilité publique. Tout le monde en France ne pense pas de la même façon. Je ne peux pas dire sans restriction ce que je pense. C'est une position difficile que la mienne. » Il m'a mis la main sur l'épaule, oui, mon cher. Comme à un vieil ami. Et il a dit : « Agissez toujours pour le bien du Pays. Et vous m'aurez toujours derrière vous. » Ainsi tu vois. Donc, si tu avais des scrupules...

— Mais, mon vieux, dit Vendresse, moi je trouve que ça ne veut rien dire du tout ! Et même on pourrait croire... on pourrait prétendre... Enfin il t'a encouragé sans t'encourager tout en t'encourageant. Ce n'est pas net, ça.

— Eh bien qu'est-ce qu'il te faut !

— Il m'en faut plus que ça, oui. Ça veut dire tout ce qu'on veut, ce qu'il t'a dit là.

— En tout cas, dit Paars brusquement et presque avec une certaine violence, il m'a bel et bien dit : « Vous êtes juge dans votre partie. » Donc...

Il accompagna ce dernier mot d'un petit geste de la main, étroit et coupant.

Il sortit deux cigares de son gilet, en offrit un à Vendresse. Tandis qu'ils l'allumaient, une sorte de sourire bon enfant élargit encore le large visage de Paars.

— Je voulais aussi te parler d'autre chose. Je m'intéresse à un garçon... Un petit de seize ans. Il sort de l'école. C'est le fils d'une... oh ! je t'expliquerai une autre fois. Une petite dactylo de chez moi, du temps que... Enfin, elle a eu ce gosse, je voudrais assurer son avenir. Et j'ai pensé...

Il chassa de l'index un peu de cendre tombée sur son veston. Il gratta l'étoffe avec application.

— J'ai pensé que d'être chez toi, ce serait exactement ce qu'il lui faut. D'autant plus...

Il offrit à Vendresse son large sourire bon enfant.

— Tu es vieux garçon, tu prendras bien ta retraite un de ces jours. Tu vois comme ça tomberait bien.

Vendresse retira ses lunettes, les essuya, les remit sur son petit bout de nez rose.

— Oui, oui, je comprends bien, dit-il. Seulement...

Il se leva, s'en fut au fond de la pièce quérir un cendrier-réclame, l'apporta sur la table entre eux, y secoua son cigare.

— Tu sais probablement que je ne suis pas seul ?
— Sans doute, sans doute, dit Paars.

Il caressait doucement ses bajoues marbrées de couperose et de poudre. Il dit :

— Ce Dacosta, c'est un Juif, n'est-ce pas ?
— Non, pas du tout, dit Vendresse.

Il parlait calmement. Calé au fond de son fauteuil, il restait très immobile, tirant de son cigare de lentes bouffées.

— Avec ce nom-là ? C'est drôle, dit Paars, je croyais bien... et est-ce que... On ne l'a pas expulsé d'Italie, autrefois ?
— Oui, il y a longtemps. Mais c'est son affaire. Ici il se tient tout à fait bien. J'en suis très content.
— Bon, bon, tant pis, dit Paars.

Il tira deux ou trois bouffées sans parler.

— Tant pis, tant pis, répéta-t-il. C'est dommage. Et ça m'embête. Le garçon est un peu difficile à caser, il est un peu en retard pour certaines choses. Et la mère est là qui... Oui, une petite affaire comme la tienne, c'est exactement ce qui lui convient. N'en parlons plus. Puisque tu l'aimes, ton Dacosta.

Il écrasa le mégot de son cigare dans le cendrier, et ajouta, en souriant :

— Tu sais ce que tu fais, n'est-ce pas ?

Vendresse sourit aussi, et supporta sans faiblir l'inquiétant regard des yeux de limande.

*
* *

Il arriva un peu en retard rue Froidevaux. Il fut peu loquace, tandis que madame Dacosta partageait ses soins entre la table des grandes personnes et les exigences des bébés. Vendresse la regardait souvent. De tout temps le fin visage aux lèvres timidement souriantes, aux yeux noirs intenses et profonds, toujours un peu humides, avait remué en lui une tendresse paternelle. Aujourd'hui il paraissait, ce visage, plus fragile que jamais.

Après le déjeuner, madame Dacosta laissa les deux hommes seuls sur la petite terrasse de zinc. Ils fumèrent en silence. Une légère brume automnale estompait le cimetière d'une mélancolie ensoleillée. Dacosta regardait son patron qui regardait la fumée de sa cigarette. Madame Dacosta vint et servit le café. Elle repartit. Ils burent en silence. Dacosta roula une cibiche. Vendresse bourra sa pipe avec application.

— Il y a de beaux salauds sur la terre, dit-il enfin.
— Ça... dit Dacosta, et il n'ajouta rien.

Vendresse alluma sa pipe, tira de nombreuses bouffées pour la faire prendre. Il dit :

— J'en ai vu un ce matin ; il est pommé.
— Ah ! dit Dacosta.
— D'autant plus salaud... commença Vendresse, mais il vit que Dacosta le regardait avec un œil qui pouvait paraître un peu rigoleur, et il ne termina pas.

Et puis madame Dacosta revint. Elle s'assit près d'eux. La conversation reprit entre eux trois, un peu languissante.

*
* *

Les jours qui suivirent, Vendresse parla peu. Il tournicotait beaucoup, faisait des rangements. Le travail s'en ressentit. Dacosta ne le remarquait pas ou faisait semblant.

Le lundi de la semaine suivante, vers dix heures, Vendresse brusquement mit son chapeau et s'en fut voir un collègue, rue d'Alésia. Ils parlèrent de choses et d'autres, puis Vendresse dit :

— Pourquoi ont-ils arrêté Whemer ?

— Oh ! dit l'autre, vous vous en doutez bien.

Vendresse rougit.

— Oui, oui, sans doute... Dites tout de même.

Il n'aimait pas ce Whemer. C'était un petit représentant en papier, spécialités pour faire-part. Sans âge. Un peu crasseux.

— Il ne portait pas l'étoile. Il avait gratté sa carte.

— Ce sont les Fritz qui l'ont pigé ? dit Vendresse.

— Pensez-vous.

— Les Français ?

— Bien sûr. Faut dire qu'il avait une bonne clientèle. Elle n'est pas perdue pour tout le monde. Ça se comprend, que voulez-vous. Ils grouillaient comme des mouches, tous ces Pollacks. Je sais que vous ne les aimez guère, vous non plus.

— Non, dit Vendresse. Mais ça ne fait rien, c'est moche tout de même.

Il revint passage d'Enfer. Il s'arrêta une fois de plus boulevard Raspail, devant l'affiche rouge bordée de noir qu'il connaissait bien, la sinistre affiche où figuraient les noms de dix communistes et autant de Juifs, fusillés comme otages.

Dacosta était à sa casse, il composait un carton de publicité et boudait un peu, parce qu'il s'agissait d'une manifestation, au profit des prisonniers, sous l'égide du Maréchal. (Ils s'étaient disputés le matin à ce sujet.) Vendresse enleva lentement son chapeau, son pardessus, et vint vers lui les mains dans les poches, en se balançant sur ses petites jambes. Il toussa.

— Dis donc...

Dacosta leva les yeux, regarda le bon visage rondouillard où le trouble et l'incertitude s'inscrivaient de façon attendrissante. Il sourit et dit :

— Alors ça y est ? Il faut que je les mette ?

Vendresse en eut le souffle coupé. Il ouvrit la bouche, leva une main, ne dit rien. Dacosta reprit tranquillement son travail.

— Si tu crois, dit-il, que je n'ai pas deviné ce qui se mijote... Et est-ce que je ne savais pas, depuis le premier jour, qu'on en viendrait là ? C'est toi, avec ton Pétain...

— Laisse Pétain tranquille, dit Vendresse. Il n'y est pour rien. Ce n'est pas sa faute si des salauds...

— On ne va pas se disputer une fois de plus pour ce vieux crabe, dit Dacosta. Si je comprends bien, l'air est devenu malsain pour moi ici ?

— J'en ai peur. Ce gros porc de Paars est un infâme salaud. J'ai été con : je t'ai dissuadé de t'inscrire comme Juif, et maintenant...

— Rassure-toi : je ne serais pas dans de meilleurs draps. Nous y passerons tous, je te dis, plus ou moins tôt. Vaut peut-être mieux que ça tourne mal pour moi maintenant ; plus tard ç'aurait pu être pire.

— Paars veut ta place pour un minus qu'il a fait à sa dactylo, qu'il ne se soucie pas de reconnaître et dont il ne sait plus que faire, parce que personne ne veut d'un déchet. J'ai même bien compris qu'il entend me racheter la boîte, de gré ou de force, à un prix doux, quand j'aurai blanchi les cheveux qui me restent à inculquer le métier à son abruti. Tout ça tourne autour du fait que je t'ai gardé avec moi, au mépris des lois. Il nous tient.

— Alors qu'est-ce qu'on fait ? On ferme ?

— Non, dit Vendresse. Si je ferme, Paars prendra la boîte. Il ne l'aura pas, moi vivant. Toi, tu vas filer. Ça marchera ici sans toi le temps qu'il faudra. Tu laisseras tes affaires, comme si tu venais de sortir. Mon vieux, je te le dis : la boîte te reviendra, à toi et à ton fils. Il n'y a pas de Fritz ni de Juif qui tiennent.

Dacosta le prit dans ses bras et l'embrassa. Il dit :

— C'est malheureux quand même...

— Quoi ?

— Que tu sois un si brave bougre et que tu t'en laisses si facilement conter.

— Par qui ?

— Par les tartufes. Et d'abord par le tartufe en chef que je ne nommerai pas pour ne pas abîmer cette belle minute. Parce que c'est une belle minute. Peut-être la dernière belle minute. Allons, dit-il, je vais tout de même terminer ce carton-là. Après j'irai faire mes paquets.

Il retourna vers sa casse. Vendresse dit :

— Fais voir ta carte.

— Ma carte ?
— Oui ; d'identité.

Dacosta la lui tendit. Vendresse la regarda et dit :

— Il t'en faut une autre. Tu auras des ennuis avec celle-là, même en zone libre.

Dacosta attendait. Il y avait sur ses lèvres un sourire tout prêt, mais il le retenait.

— Ça me dégoûte de faire ça, je déteste ça, dit Vendresse, mais il faut bien que je t'en fasse une. Oui, ça me dégoûte, ça me dégoûte. Sans ce salaud de Paars...

Il fricotait dans les cassetins pour dénicher les caractères. Il les comparait avec le modèle. Dacosta avait laissé son sourire s'épanouir. Vendresse répétait dans ses dents : « Ça me dégoûte. Devenir faussaire, à mon âge. Et dans une France enfin propre. Ça me dégoûte. » Ses doigts grassouillets et agiles manœuvraient le composteur. Dacosta dit :

— Mais le cachet ?
— Nom de Dieu, c'est vrai, le cachet.
— T'en fais pas, dit Dacosta, je sais où le faire mettre.
— Un faux cachet ?
— Un faux cachet.
— Mais alors, des fausses cartes...
— Je saurais où en trouver, oui. Mais je serai content, tellement plus content d'en avoir une de ta main.

Il souriait encore. Vendresse devenait rouge, ses doigts hésitaient.

— Tu t'occuperas des gosses ? dit soudain Dacosta. Il ne souriait plus. Ses yeux étaient sombres.

Les doigts de Vendresse reprirent leur travail.

— Oui. Tu le sais bien. Tu peux partir tranquille.

— Tranquille... dit Dacosta. Ils sont Juifs eux aussi, et leur mère aussi. Je me demande...

Vendresse le regarda et dit :

— Oh ! Tout de même !

— Tu t'es déjà trompé une fois, dit Dacosta.

Vendresse termina sa ligne en silence. Ses grosses lèvres remuaient. Il dit, il bougonna :

— Trompé, trompé, c'est la déveine d'être tombé sur un salaud comme ce cochon de Paars, voilà tout. Tu travailles du chapeau. Une femme, des enfants ! Tu peux me croire et partir en paix : tant que le Vieux sera là...

— Tant qu'il sera là je ne serai pas en paix, pas du tout. Mais toi tu t'occuperas d'eux ? Tu ne leur laisseras pas arriver malheur ?

— Tu les retrouveras frais et roses, je t'en donne ma parole. Maintenant va-t'en. J'irai te porter ta carte chez toi. Je resterai avec ta femme quand tu seras parti.

Dacosta regardait son patron. Il le regardait. Il passait et repassait un doigt sur sa petite moustache. Un léger tic crispa le coin des lèvres, deux ou trois fois, tandis que la main droite dessinait à la hauteur de la hanche un cercle étroit et souple, où s'inscrivait une sorte de renoncement indécis. Vendresse vit tout cela, et pâlit un peu. Dacosta tout de même parvint à sourire. Vendresse aussi parvint à sourire.

— Bon, dit enfin Dacosta. Ça ira.

Il tourna le dos et sortit.

Vendresse s'assit sur le marbre, les jambes pendantes, le menton dans les mains.

II

Comment s'était-il douté qu'il trouverait secours auprès de moi ? Je n'en sais rien. Peut-être parce que naguère je prenais toujours le parti de Dacosta, contre lui. En tout cas, c'est chez moi qu'il sonna ce matin-là. Ses yeux !
Vendresse a les yeux bleus ; des yeux bleus candides. Ce matin-là ils étaient noirs. Je ne peux pas expliquer ça. En les regardant bien ils étaient bleus comme toujours ; mais on les aurait crus noirs.
Il dit, comme ça, tout de go :
— Je veux imprimer des tracts.
Il s'assit et souffla, et commença de se pétrir les genoux.
— Eh bien, dis-je, voilà du nouveau.
Il dit, avec une drôle de voix :
— Oui, voilà du nouveau.
Je voulais me donner le temps de réfléchir. Je dis :
— Eh bien, c'est du propre ! Un vieux fidèle comme vous ? Un Pétain-sauvez-la-France, un Maréchal-nous-voilà, un Suivons-le-Chef, un la-France-aux-Français comme vous ? Ai-je vraiment compris, ou bien les oreilles m'ont-elles corné ?
Il ne dit rien. Il restait là tout tranquille, immobile, un peu inquiétant, à me regarder. Ses yeux étaient noirs. Je pris mon parti.
— Des tracts, dis-je. Bon. Ça peut se faire. Vous savez ce que vous risquez ?
Il dit : « Oui ».

— Oh ! précisai-je, pas seulement d'être fusillé. Mais, par exemple, de passer à la question, pour donner mon nom, ou d'autres.

Il hésita un peu et dit :

— Qu'est-ce qu'on vous fait ?

Je me renversai dans mon fauteuil, croisant nonchalamment mes mains et mes genoux. Je dis :

— Eh bien, par exemple, on vous pique avec des petits bouts de bois enflammés, sous les ongles. Ou bien on vous écrabouille lentement la main, dans une presse. Ou toute autre chose de ce genre. Ou bien encore on vous interroge deux, trois jours, sans répit, sans repos, sous un projecteur aveuglant. Ou bien...

Il coupa : « Bon », et parut méditer.

Il dit : « Je suis plutôt douillet, pas très courageux. Tout de même, je crois... » Il regarda au-dessus de la porte, comme s'il y cherchait quelque objet. Il dit : « Évidemment le projecteur... Dans les yeux trois jours durant... » Il fit un drôle de bruit, avec ses grosses lèvres. « On doit devenir quasiment aveugle, hein ? » Je dis : « Ma foi, quasiment. » « Et quelle migraine, nom de Dieu ! » Je me rappelai qu'il était sujet aux maux de tête, et compris pourquoi l'idée des projecteurs le tourmentait (c'était un mal qu'il connaissait). Je me rappelai alors qu'il était frileux et je dis : « On vous plonge aussi dans l'eau glacée, plusieurs fois de suite, pendant des heures. » Il dit lentement : « Dans l'eau glacée... » Il hochait la tête un peu, l'œil dans le vague. Il me regarda et dit sérieusement : « Bon, bon, bon... » Je dis doucement : « Ça ira ? » Ses yeux me parurent bleus. Il dit : « Ça ira. » Je me levai. Je le regardai :

— Qu'est-ce qui s'est passé ?

Il sauta. Comme si je l'eusse frappé au visage. Il devint rouge, puis pâle. Il me regardait avec cet air étonné qu'ont les gens, dit-on, avant de s'écrouler, une balle dans le cœur. Enfin il dit sourdement, les yeux au sol :

— Ils les ont emmenés. Les petits et elle.

— De Dacosta ?

Il fit oui de la tête et leva les yeux sur moi.

— De Dacosta. La femme et les enfants de Dacosta. Les petits d'un côté, la mère de l'autre. Elle voulait se jeter par la fenêtre. On l'a empêchée. Moi...

Il se pétrissait les genoux. Ses yeux s'accrochèrent aux miens. Ils me parurent noirs comme l'encre.

— Couillon. Misérable couillon. J'ai cru dans tous ces bandits. Dac m'avait prévenu. Il m'avait prévenu, il m'avait prévenu. J'aurais pu..., j'aurais dû... j'aurais...

Il se leva, se mit à arpenter la pièce. Dans la lumière je vis qu'il n'était pas rasé – incroyable de sa part. Il se massait un côté du cou, lentement et pesamment, à le faire rougir. Des larmes coulaient une à une le long du nez, allaient se perdre dans la grosse moustache. C'était comique et pathétique.

— Je les aurais fait déménager, ou coucher chez moi, ou n'importe quoi. Mais je n'y croyais pas. Nom de Dieu de nom de Dieu, comment croire...

Il se tourna brusquement vers moi :

— Vous savez ce qu'il m'a répondu ?

— Qui ?

Il leva les sourcils et dit : « Ah ! oui... »

Il reprit sa marche, s'arrêta devant le miroir, se regarda, regarda sa bonne bouille en larmes, et se mit à rire. C'était assez atroce.

— Ils sont venus chez moi d'abord, avant-hier, non, il y a trois jours. Quel pastis ! Mon plomb partout, tout ça piétiné. Pour chercher quoi ? Le plaisir de détruire, c'est tout.

— Qui ? Les vert-de-gris ?

— Pensez-vous !... Ils me disaient : « Allons, vous, un Vieux de Verdun ! », c'étaient des blancs-becs, j'ai dit : « Qu'est-ce que vous avez à faire avec Verdun ? » Ils se sont fâchés : « Nous servons le Maréchal ! » J'ai dit : « Moi aussi. » Ils ont dit : « On ne dirait pas ! Où est-il ce Juif ? Il n'est pas loin puisque ses affaires sont là. » J'ai dit : « Cherchez-le. » Le plus jeune a dit, – un petit boutonneux, avec des cheveux en brosse : « On s'en fout, d'ailleurs. Si on ne le trouve pas on emmènera la femme et les mioches. » J'ai rigolé. J'ai dit : « Essayez. »

Il s'arrêta et me regarda. Son petit bout de nez, sous les lunettes, était rouge.

— J'ai dit : « Essayez », répéta-t-il et il me regardait. « Et je rigolais », dit-il violemment et j'entendis ses dents grincer. « Parce que je connais bien Tournier, le secrétaire des Vieux de Verdun. » Il s'interrompit et répéta : « Je connais bien Tournier » sourdement et en ricanant, il fit deux petits « ha ! ha ! » secs, rapides, entre le rire et la colère. Il hochait la tête. Il dit : « J'ai fait un saut là-bas, tout de suite. Avec le dossier de Dac, – Verdun et le reste. J'ai débité toute l'histoire et j'ai dit : « Tout de même, hein ? un poilu comme lui, ce serait fort de café. Pas de danger, j'espère ? » Il a dit en souriant : « Non, non, nous allons arranger ça. » Le lendemain, en effet, rien. Mais hier...

Il s'arrêta. Je voyais son dos. Un brave large dos bonasse et un peu voûté. Je ne voyais pas ses mains mais au mouvement des bras on devinait qu'ils les serrait et les desserrait. Il leva la tête avec un mouvement de cheval (sa nuque grasse et rose fit un bourrelet) et je l'entendis renifler. Il laissa retomber sa tête et s'appuya au bureau. Il me tournait toujours le dos. Il martelait le bureau de son petit poing qu'il avait du mal à fermer, d'un mouvement répété de rage contenue, – de sanglots contenus.

— C'est la vieille boulangère... commença-t-il, mais sa voix s'étrangla et il dut se moucher (nous sommes de drôles d'animaux : il était si comique à souffler de son petit bout de nez rouge que j'eus du mal, oui, à m'empêcher de sourire. Et pourtant j'avais le cœur serré.) « Elle tambourinait à ma porte, continua-t-il. À sept heures du matin, vous pensez ! Elle répétait : "Monsieur Vendresse ! Monsieur Vendresse ! Ils les emmènent !" J'ai crié : "Qui ?" Mais elle n'a pas eu besoin de répondre : j'ai sauté de mon lit. Il faisait presque nuit. Il fallait bien pourtant que je m'habille ! » dit-il comme s'il eût craint que je le lui reprochasse. Ses yeux allaient de droite et de gauche, ils s'arrêtèrent sur une petite toile de Souverbie, – trois femmes à l'antique, trois femmes endormies, – et un tel calme émane des lignes très pures qu'il en rejoint l'éternel, qu'il apparaît reposant comme la mort. Vendresse regardait la toile – sans probablement la voir – ses lèvres tremblaient sous la moustache roussie. On eût dit qu'il hésitait si cette sérénité par-delà l'espace et le temps était pour son cœur tourmenté baume ou souffrance.

— Je suis arrivé trop tard, naturellement, dit-il. Les petits étaient déjà embarqués, emmenés Dieu sait où. La mère... » Il émit un toussement bizarre, qui me fit mal : petit éclat de rire plein de sanglots et de cris retenus. « Elle hurlait, on la frappait dans la figure pour la faire taire. J'ai couru, j'ai crié, mais... » il leva le menton pour me montrer une meurtrissure auréolée de bleu et de brun : « ... je me suis réveillé au bord du trottoir. Les voitures étaient parties. Le petit brun boutonneux me regardait en rigolant. Il a dit : "Vous voyez, on a essayé" ; il a dit encore quelque chose en allemand, et les deux Fritz avec lui ont rigolé aussi. Ils m'ont laissé là. Les gens m'ont aidé à me relever, ils m'ont conduit au pharmacien. Ils ne disaient rien. Personne ne disait rien. »

Il parut tout à coup si fatigué qu'il dut s'asseoir. Il s'assit tout au bord d'un de mes fauteuils profonds, comme s'il n'eût pu accepter un vrai repos.

— Naturellement j'ai couru aux Vieux de Verdun. Naturellement personne. Naturellement pas de Tournier. « En voyage. On vous préviendra. » J'ai dit : « Je veux voir le Président. » On m'a regardé avec des yeux ronds : « Le Président ? » J'ai dit, j'ai crié : « Oui, le Président, le Président ! » J'avais oublié qui c'était le Président, sans blague : j'avais oublié que c'était le Vieux. Et puis je me suis rappelé. J'ai continué à crier, j'ai dit que je voulais voir n'importe qui, quelqu'un de responsable. On m'a mis dans une pièce. On m'a fait attendre une demi-heure, une heure, je ne sais pas. J'aurais tout cassé. Enfin un type est venu, il avait l'air embêté, cérémonieux et embêté. J'ai sorti mon dossier, je crois que je bredouillais, il a dit : « Oui, je sais, Monsieur Tournier m'a dit. » Il a levé les mains d'un air désolé : « Il n'y a rien à faire. » Je suis reparti à crier, il faisait : « Chut... chut... » et enfin il m'a sorti son papier. J'ai mis du temps à comprendre. Le type m'expliquait, mais je n'arrivais pas à comprendre. « Vous voyez, nous ne pouvons pas nous en occuper », disait-il. Son doigt soulignait une phrase, toujours la même, mais les mots ne m'entraient pas dans l'esprit. *En conformité avec les termes de la susdite loi, les membres de l'Amicale appartenant à la race juive seront radiés de plein droit. En conséquence, ils ne pourront plus, 1° : invoquer...* Enfin j'ai compris et j'ai tourné la feuille, pour voir la signature. La signature du Président. Elle y était la signature. Elle y était. » Il cria : « Elle y était ! » et d'une voix soudainement morne : « Voilà. » Il répéta : « Voilà. Voilà », il leva vers moi un pauvre visage à la bouche tordue, et me regardant comme si j'avais été Pétain lui-même, me cria dans la figure, une dernière fois : « Voilà ! » et puis ses épaules retombèrent, ses poings s'enfoncèrent dans ses yeux, et je m'en allai à la fenêtre pour le laisser pleurer tout son soûl.

*
* *

J'étais très embêté. Au diable la prudence ! Mais si je m'en suis tiré et si personne n'a été arrêté autour de moi, c'est assurément grâce à cette prudence obstinée. C'était embêtant mais il fallait bien le lui dire. J'attendis qu'il se fût suffisamment mouché et séché les yeux et je dis :

— Mon pauvre vieux, je suis désolé, mais ça n'ira pas.

Il dit :

— Quoi ?

Je dis :

— Les tracts. Il est impossible que vous imprimiez des tracts. Vous comprenez bien que vous êtes brûlé. On va vous chercher toutes les histoires. Ce serait dangereux pour vous, pour moi, pour nous tous.

Il me regarda un moment et se leva. Il avait une drôle d'expression, c'était la première fois que je la lui voyais. Ma foi, je ne reconnaissais pas mon Vendresse. Il dit calmement :

— Bon. Ça va, j'ai compris. J'irai ailleurs. J'irai voir les amis de Dac.

Cette fois je ne pus m'empêcher de sourire :

— Les amis de Dac, Vendresse ? Chez ces bolcheviks ?

Il ne sourit pas, ne rit pas, il dit :

— Oui, chez ces bolcheviks. J'irai voir Coninck.

Je cessai de sourire, je dis vivement : « Non ! »

— Pourquoi ? dit-il.

Il était sur le pas de la porte.

— Revenez, dis-je. Vous ne pouvez pas aller voir Coninck, ni aucun des autres. Coninck est coffré.

Il y eut un silence. Il dit lentement :

— Coninck est coffré ?

— Oui, dis-je. Il y a longtemps. Trois mois, ou davantage.

— Trois mois... mais Dacosta...

— Naturellement, dis-je doucement, il ne vous l'a pas dit. Il ne pouvait pas vous le dire, à vous, à cette époque-là.

Son visage s'allongea. Il eut l'air incroyablement malheureux. « Ah ! pensai-je, tant pis. On trouvera bien un moyen, un truc, quelque chose. »

— Écoutez, dis-je tout haut, ne vous tracassez pas. Je ne vous laisserai pas tomber. Rentrez chez vous, et attendez. Je vous enverrai quelqu'un. Je vous le promets. Mais ne faites pas de bêtises.

« C'est vrai, me dis-je encore (comme une excuse). Il vaut mieux que je le garde sous ma coupe. »

*
* *

La nécessité et les circonstances vous donnent des idées. Je trouvai bientôt « le truc » qui pouvait convenir à Vendresse, sans trop de risques : les faire-part de deuil. J'en parlai aux amis et nous nous amusâmes énormément à cette idée, à laquelle au surplus nous trouvions toutes sortes d'avantages : la certitude que ces tracts seraient bien distribués (comment le contrôle postal pourrait-il vérifier chacun des faire-part qui chaque jour sont postés par dizaines de mille ?) ; la possibilité pour Vendresse de les imprimer chez lui en toute tranquillité au cours des premiers mois, pendant lesquels ils seraient stockés (ils ne seraient mis en circulation que plus tard).

Nous préparâmes trente modèles différents, il y avait toujours le nom en grands caractères et dessous, en petit, toute la sauce... Nous nous divertîmes prodigieusement à ce travail. Pendant ces trois mois, comme je l'avais craint, on perquisitionna deux fois chez Vendresse. On ne trouva rien. Et pourtant il y avait plusieurs paquets de faire-part, des vrais et des faux. Mais personne n'eut l'étrange idée de les lire.

Les trois mois terminés, et les trente modèles tirés chacun à maintes dizaines de mille, j'intimai à Vendresse de se tenir coi, pendant les semaines où nous les distribuerions. Je lui promis un autre travail aussitôt après. J'étais tout à fait tranquille.

Labiche, mon petit agent de liaison, venait chaque jour me rendre compte des événements, dans le cadre du groupe et aussi de ses tenants et aboutissants. Un beau jour, au milieu de son rapport, il dit : « Ah ! : Vendresse. » Je dis : « Eh bien ? » Il dit : « Il est en taule. »

Mon cœur se serra. Je pensai aussitôt à Paars. « Dénonciation ? » demandai-je.

— Plus que probable, dit Labiche, mais aussi je crois qu'il a fait le con. Il faisait parler ceux qui venaient prendre les paquets chez lui, ils me l'ont dit. Il s'est mis en rapport avec Dieu sait quel groupe. On a perquisitionné avant-hier : Gestapo... Quel con, c'était la troisième fois pourtant, il aurait dû se méfier... La boîte était pleine de tracts.

— Pas des nôtres ? m'écriai-je stupéfait.

— Non, pas des nôtres.

Nous réussîmes à le tracer, bien qu'il eût changé trois fois de prison. Naturellement, je dus quitter mon domicile : je me méfiais du projecteur et des bains froids.

Mais il ne dit rien. Nous sûmes pourtant qu'on l'avait torturé. Il réussit à faire passer un mot. « *Rassurez le Sage* (c'était moi). *Ils ne m'ont pas eu. Le projecteur doit être une blague : pas entendu parler. Les bains, heureusement je tombe tout de suite dans les pommes. Ils m'ont écrabouillé les doigts de pied : en ce moment mes ongles tombent.* »

Pendant sept mois, il resta encore à Fresnes. Et puis, l'Allemagne.

On a eu de ses nouvelles encore à deux reprises, en 44 et en 45. Enfin, en avril, ses camarades l'ont aperçu une dernière fois : en colonne, on évacuait le camp. Maigre à faire peur. Il marchait difficilement.

Depuis, plus rien. Son corps pitoyable doit reposer quelque part, dans un fossé, au bord d'une route d'Allemagne.

La petite madame Dacosta a été gazée à Auschwitz. Des enfants, nulle nouvelle. Ils sont certainement morts.

Je ne sais rien du père. Il aurait, dit-on, été chopé devant Cassino. Je m'effraie énormément à l'idée de le revoir. Quelquefois il m'arrive de souhaiter qu'il ne revienne pas. Je suis très lâche pour certaines choses.

L'imprimerie de Vendresse a été reprise, après l'arrestation, par un vieux typo en retraite, pourri d'alcool. Il travaille avec un apprenti étrange, un adolescent à la tête trop grosse, sauvage et silencieux, sujet à de brusques colères qui impressionnent le voisinage.

Paars, après la Libération, a été arrêté trois jours. Mais des gens très bien se sont portés garants de ses sentiments. Depuis fin 43, il versait des sommes importantes à certaines organisations. De plus, il est très au courant de toutes les questions concernant le cuivre électrolytique. Il serait, dit-on, difficile de se passer de lui. C'est un gros bonnet dans l'Office de Répartition. Il y fait la pluie et le beau temps.

Août 1945.

CE JOUR-LÀ

Le petit garçon mit sa petite main dans celle de son père sans s'étonner. Pourtant il y avait longtemps, pensait-il. On sortit du jardin. Maman avait mis un pot de géranium à la fenêtre de la cuisine, comme chaque fois que papa sortait. C'était un peu drôle.
Il faisait beau, – il y avait des nuages, mais informes et tout effilochés, on n'avait pas envie de les regarder. Alors le petit garçon regardait le bout de ses petits souliers qui chassaient devant eux les graviers de la route. Papa ne disait rien. D'habitude il se fâchait quand il entendait ce bruit-là. Il disait « Lève tes pieds ! » et le petit garçon levait les pieds, un moment, et puis sournoisement il recommençait petit à petit à les traîner, un peu exprès, il ne savait pas pourquoi. Mais cette fois papa ne dit rien, et le petit garçon cessa de traîner ses semelles. Il continuait de regarder par terre : ça l'inquiétait que papa ne dît rien.

La route s'engageait sous les arbres. La plupart étaient encore sans feuilles. Quelques-uns verdoyaient un peu, des petites feuilles d'un vert très propre et très clair. On se demandait même si elles n'étaient pas un peu sucrées. Plus loin la route tournait, on verrait la Grande Vue, sur le Grésivaudan, le grand rocher qui tombe à pic, et là-dessous tout en bas les tout petits arbres, les toutes petites maisons, les routes comme des égratignures, l'Isère qui serpente sous une brume légère, légère. On s'arrêterait et on regarderait. Papa dirait : « Regarde le petit train », ou bien : « Tu vois la petite tache noire, là, qui bouge sur la route ? C'est une auto. Il y a des gens dedans. Quatre personnes, une dame avec un petit chien, et un monsieur avec une grande barbe. » Le petit garçon dirait : « Comment que tu les vois ? » – « Je me suis fait greffer une petite lunette dans l'œil gauche, tu sais bien, dirait papa. Regarde, dirait-il en écarquillant son œil, tu ne la vois pas ? » Et lui, comme il n'est pas très sûr que ce soit vrai ou pas vrai : « Ben… pas très bien… » Peut-être qu'à ce moment-là papa rirait et le prendrait sur ses épaules, une jambe de chaque côté.

Mais papa regarda distraitement la Grande Vue et ne s'arrêta même pas. Il tenait la petite main de son petit garçon bien serrée dans la sienne. De sorte que quand un peu plus loin on passa près de l'endroit où le bord du fossé monte et descend, le petit garçon ne put pas lâcher son père pour grimper la petite pente en disant : « Regarde, papa, je grandis… je grandis… je grandis… Regarde, je suis plus grand que toi… et maintenant je rapetisse… je rapetisse… je rapetisse… » Ça l'ennuya un peu, parce qu'il était très attaché aux rites. Ça faisait une promenade qui ne ressemblait pas tout à fait aux autres.

Un peu plus loin il y avait le rocher de pierre carrée. On s'y asseyait d'habitude. Il se demanda si cette fois-ci on s'assiérait. Le rocher de pierre carrée s'approchait et le petit garçon se demandait si on s'assiérait. Il avait un peu peur qu'on se n'assît pas. Un petit peu peur, vraiment, de la vraie peur. Il tira doucement sur la main de son père quand ils furent tout près.

Heureusement papa se laissa tirer et ils s'assirent. Ils ne dirent rien, mais souvent, assis sur cette pierre, papa ne disait rien. Quelquefois seulement (quand il faisait très chaud) : « Ouf ! ça fait du bien. » Aujourd'hui il ne faisait pas très chaud. La seule chose pas naturelle c'était que papa ne quittait toujours pas la petite main. D'habitude, ici, papa la lâchait, sa main, et le petit garçon, qui n'aimait pas rester assis bien longtemps, grimpait sous les arbres et cherchait des pommes de pin. Quelquefois des fraises, mais il n'y avait pas souvent des fraises.

Ils restaient assis et le petit garçon ne bougeait pas du tout. Il faisait même attention à ne pas balancer les jambes. Pourquoi ? Savait pas, c'était parce que papa lui tenait la main comme ça. Il ne pouvait même pas – il ne voulait même pas penser aux pommes de pin, aux fraises. D'ailleurs, il n'y avait sûrement pas de fraises et puis, les pommes de pin, ce n'est pas tellement amusant.

Mais, de ne pas bouger, il eut de nouveau un peu peur. Oh ! pas beaucoup, un peu seulement, un tout petit peu, comme quand on est couché et qu'on entend craquer des choses dans le noir, mais qu'on entend aussi papa et maman qui parlent dans leur chambre. Il était content que papa lui tînt la main, parce qu'ainsi on a moins peur, mais comme il avait peur justement parce que papa lui tenait la main... alors le petit garçon, pour la première fois pendant une de ces promenades, aurait bien voulu revenir à la maison.

Comme si son père l'avait entendu il se leva, le petit garçon se leva, se demandant si l'on rentrerait ou si l'on irait comme les autres fois jusqu'au petit pont, sur la Grisonne. Il ne savait pas très bien ce qu'il préférait. On partit vers le petit pont, alors, tant mieux.

Sur le pont ils regardèrent le torrent (papa disait le ru) filer en gargouillant entre les pierres qui ressemblent à de grosses dragées. Un jour papa lui avait rapporté un petit sac rempli de toutes petites pierres comme ça et c'étaient des bonbons. Il y avait très longtemps, c'était même avant Noël, il ne se rappelait même plus bien. En tout cas depuis ce temps-là il n'avait jamais eu de bonbons, et il aimait énormément regarder les pierres du torrent, on aurait dit que ça lui faisait plaisir aux yeux comme les bonbons à la langue.

Papa dit :

— Depuis le temps que cette eau coule...

Le petit garçon trouva ça drôle. Bien sûr qu'elle coulait depuis longtemps. Elle coulait déjà la première fois qu'ils étaient venus. D'ailleurs on n'aurait pas fait un pont s'il n'y avait pas eu d'eau.

— Et quand ton petit garçon à toi, dit papa, aura une grande barbe blanche, elle coulera encore. Elle ne s'arrêtera jamais de couler, dit papa en regardant l'eau. C'est une pensée reposante, dit encore papa, mais, ça se voyait, ce n'était pas pour son petit garçon, c'était pour lui-même.

Ils restèrent très, très longtemps à regarder l'eau, et puis enfin on s'en retourna. On prit le chemin du hérisson, le petit garçon l'appelait comme ça depuis qu'ils y avaient trouvé un hérisson. Ça grimpait un peu. On passait devant la fontaine de bois, celle où, dans une auge faite d'une bille de chêne creusée, tombe le filet d'une eau si limpide, au chant d'un cristal si pur, qu'elle donne soif rien qu'à la regarder. Mais il ne faisait pas très chaud.

Tout en haut le sentier tournait un peu, et redescendait de l'autre côté de la colline. De tout en haut on verrait la maison. On la voyait très bien. Ce qu'on voyait le mieux c'était la fenêtre de la cuisine, avec le pot de géranium tout vert et orange dans le soleil, et maman était derrière mais on ne la voyait pas.

Mais papa devait être fatigué, parce qu'avant d'arriver en haut, il s'assit. D'ordinaire on ne s'asseyait jamais sur ce tronc d'arbre. Il s'assit et attira son petit garçon entre ses genoux. Il dit : « Tu n'es pas fatigué ? » – « Non », dit le petit garçon. Papa souriait, mais c'était d'un seul côté de la bouche. Il lui caressait les cheveux, la joue. Il respira très fort et dit : « Il faut être très, très sage avec ta maman », et le petit garçon fit oui de la tête, mais il ne trouva rien à dire. « Un bon petit garçon », dit encore papa, et il se leva. Il prit son petit garçon sous les aisselles et il le souleva jusqu'à son visage et l'embrassa deux fois sur les deux joues, et il le remit par terre et dit d'une voix ferme : « Allons ». Ils se remirent en route. Ils arrivèrent en haut et on vit le mur du jardin, les deux mélèzes, la maison, la fenêtre de la cuisine.

Le pot de géranium… il n'y était plus.

Le petit garçon vit tout de suite que le pot de géranium n'était plus à la fenêtre de la cuisine. Papa aussi, sûrement. Parce qu'il s'arrêta en serrant la petite main dans la sienne, plus fort que jamais, et il dit : « Ça y est, je m'en doutais. »

Il restait immobile, à regarder, regarder, en répétant : « Bons dieux, comment ai-je pu... puisque je le savais, puisque je le savais... »

Le petit garçon aurait bien voulu demander quoi, mais il ne pouvait pas parce que papa lui serrait la main si fort. Et il commença d'avoir mal au cœur, comme le jour où il avait mangé trop de purée de marrons.

Alors papa dit : « Viens », et au lieu de descendre ils retournèrent sur leurs pas, en marchant très vite. « Où est-ce qu'on va, papa ? Où est-ce qu'on va ? » disait le petit garçon, et il avait mal au cœur comme le jour de la purée de marrons.

— Chez madame Bufferand », dit papa. Il avait une drôle de voix, une voix comme celle du facteur le jour où une auto l'avait poussé et qu'il était tombé de bicyclette. « Elle est très gentille, dit papa, tu la connais, tu coucheras chez elle. »

Le petit garçon aurait bien voulu demander pourquoi, mais papa lui serrait la main trop fort, il n'arrivait pas à le demander. Était-ce à cause de ça, il avait de plus en plus mal au cœur. Tellement qu'il aurait voulu se coucher par terre, comme le jour de la purée de marrons, mais papa lui serrait la main tellement fort, et pourtant on allait trop vite, et maintenant il avait mal au cœur pas seulement au cœur, mais mal au cœur partout, au ventre, dans les jambes, si ce n'était pas bête de dire qu'on a mal au cœur dans les jambes.

Quand madame Bufferand, qui était très vieille et toute ridée, les vit tous les deux, elle croisa ses mains sur la poitrine et dit : « Mon Dieu !... »

Papa dit : « Oui, voilà », et ils entrèrent. Et alors quand ils furent dans le petit salon qui sentait la cannelle le petit garçon ne résista plus et il se coucha sur le tapis.

Il n'entendit plus très bien ce qu'on disait. Il faisait trop noir pour pouvoir écouter. Madame Bufferand parlait, parlait, d'une petite voix cassée, il l'entendait comme dans un rêve.

Papa souleva le petit garçon et le porta sur un lit. Il lui caressa les cheveux, longtemps, et il l'embrassa très fort et longtemps, plus fort et plus longtemps que le soir d'habitude. Et puis madame Bufferand lui donna une valise, et il embrassa madame Bufferand, et il sortit. Et madame Bufferand vint s'occuper du petit garçon, elle lui mit un mouchoir mouillé sur la tête, elle lui prépara de la camomille. Il vit bien qu'elle pleurait, elle essuyait ses larmes au fur et à mesure, mais ça se voyait quand même.

*
* *

Le lendemain, il était en train de jouer avec les cubes, il entendit madame Bufferand qui parlait dans la salle à manger. Les cubes devaient représenter le portrait d'un monsieur avec une collerette et un chapeau à plume. Il manquait encore l'œil et le chapeau.

Le petit garçon se leva et mit son oreille contre le trou de la serrure, qui était juste à sa hauteur en se hissant sur la pointe des pieds. Il n'entendait pas très bien parce que les dames ne parlaient pas tout haut, elles chuchotaient. Madame Bufferand parlait de la gare. Oui, disait-elle, oui, lui aussi : il cherchait à apercevoir sa femme dans un compartiment, ils l'ont reconnu. Grands dieux, dit l'autre dame, il n'avait donc pas pu s'empêcher... Non, dit madame Bufferand, il n'a pas pu, qui donc aurait pu ? Il disait tout le temps « c'est ma faute, c'est ma faute ! » Et puis on parla de lui, le petit garçon. Heureusement, disait la dame, heureusement que madame Bufferand était là. Madame Bufferand répondit des mots, mais quelque chose mouillait son chuchotement et on ne pouvait pas comprendre.

Le petit garçon retourna vers son jeu de cubes. Il s'assit par terre et chercha celui avec un œil. Il pleurait silencieusement, les larmes coulaient et il ne pouvait pas les retenir. Il trouva le cube avec l'œil et le mit à sa place. Le chapeau c'était plus facile. Il reniflait en essayant de ne pas faire de bruit, une des larmes coula au coin de la bouche, il la cueillit d'un coup de langue, elle était salée. La plume, c'était le plus ennuyeux, on ne savait jamais si elle était à l'endroit ou à l'envers. Une larme, tombée sur la plume, glissa, hésita, y resta suspendue comme une goutte de rosée.

DOSSIER

1. Jean Bruller en 1939.

2. La maison de Jean Bruller à Villiers-sur-Morin, qui servit de cadre au *Silence de la mer* (dessin de Jean Bruller).

3. L'imprimeur Ernest Aulard (au premier plan),
assisté de son contremaître Pierre Doré, dans l'imprimerie
de la rue Tournefort, où furent tirés la plupart des volumes
clandestins des Éditions de Minuit de 1943 à 1944
(photo de Robert Doisneau prise en 1945).

4. L'imprimeur Claude Oudeville dans son atelier
du boulevard de l'Hôpital, où il composa *Le Silence de la mer*
entre décembre 1941 et février 1942
(photo de Robert Doisneau prise en mai 1945).

5. Yvonne Paraf, dans la cuisine de son appartement, rue Vineuse, où elle brocha à la main les exemplaires du *Silence de la mer* (photo de Robert Doisneau prise en 1945).

6. Dessin réalisé en 1942 par Jean Bruller pour le deuxième chant de *The Rime of the Ancient Mariner* de Samuel Coleridge, qui illustre la métaphore « The silence of the sea », employée par Coleridge et dont se servit Vercors pour titrer sa nouvelle clandestine.

Les enjeux de la mémoire

Depuis le début des années 1970, s'est construit un nouveau prêt-à-penser sur la période de l'Occupation[1]. Il laisse entendre que l'immense majorité des Français s'était repliée dans la passivité, l'attentisme, voire l'opportunisme consentant ou le cynisme indifférent, et que la Résistance ne fut qu'un phénomène tardif et marginal dont la gloire était surévaluée. Le film de Marcel Ophuls, *Le Chagrin et la Pitié,* sorti en 1971, instilla le doute et instaura le malaise de la mauvaise conscience collective : la veulerie était largement partagée, la servilité installée, tandis que les héros isolés n'étaient pas exempts de basses motivations et que le mythe de la Résistance relevait d'inventions gaulliste et communiste. Après le succès important du film, le livre de l'historien américain Robert Paxton, *La France de Vichy*[2], qui parut au début de 1973, semblait apporter du crédit à l'image déprimante promue par Ophuls. Les succès populaires de films comme *La Bataille du rail* ou *Le Père tranquille* paraissaient tenir de la fable suspecte et mensongère. Cette confusion relativisait l'engagement héroïque, rendait le déshonneur supportable pour les empressés de la défaite, diluait dans la masse la responsabilité des classes dirigeantes, et inversait même la charge

---

[1]. Pierre Laborie, dans *Le Chagrin et le venin* (Paris, Bayard, 2011), établit la généalogie de ce prêt-à-penser.

[2]. Robert Owen Paxton, *La France de Vichy (1940-1944)*, Paris, Seuil, 1974.

de la preuve : « demain la Résistance devra se justifier pour avoir résisté[1] » ; ainsi Raymond Aubrac, en 1997, fut-il prié de s'expliquer.

Le contexte politique et culturel qui s'imposa après 1968 éclaire ce basculement. Le déclassement de la France dans le cadre d'une Union européenne élargie au profit des intérêts allemands accompagne aujourd'hui la vision assombrie de notre histoire. La stagnation du niveau d'instruction encourage les leçons de déclin données par nombre d'intellectuels. Enfin la stratification éducative de la population détache une classe supérieure aux velléités sécessionnistes[2], qui se persuade que la France n'existe plus et qu'elle doit faire acte de repentance. Le récit d'une résistance patriotique contre le pouvoir allemand a laissé place, au mieux, à un « mythe universel et humaniste de lutte pour les droits de l'homme[3] », qui met moins l'accent sur l'héroïsme que sur la souffrance.

Sur ce fonds idéologique dominant, se détachent néanmoins de nouveaux travaux d'historiens refusant la simplification, des œuvres de fiction plus scrupuleuses et des recherches documentaires inédites[4].

---

1. Vladimir Jankélévitch, *Dans l'honneur et la dignité* (1948), dans *L'Imprescriptible,* Paris, Seuil, « Points », 1986, p. 99.

2. Voir Christopher Lasch, *La Révolte des élites et la trahison de la démocratie,* Paris, Flammarion, 2007 (éd. originale, New York-Londres, 1995).

3. Robert Gildea, *Comment sont-ils devenus résistants ? Une nouvelle histoire de la Résistance,* Paris, Les Arènes, 2017, p. 26 (éd. originale, Londres, 2015).

4. Citons le livre de Sébastien Albertelli, Julien Blanc, Laurent Douzou, *La Lutte clandestine en France. Une histoire de*

Tout cela permet d'« arracher la Résistance à une simple minorité d'activistes pour la situer dans un contexte social plus large[1] », de mesurer la fulgurance de certains engagements, la variété des manifestations collectives du non-consentement, la diversité des groupes et des lieux de la Résistance dans l'espace français.

Le parcours d'un dessinateur

La trajectoire de Jean Bruller, le futur Vercors, fut façonnée par son histoire familiale, éducative et professionnelle. Son grand-père maternel, Jean Bourbon, modeste tailleur en chambre à Saint-Amand-Montrond, dans le Cher, affichait, sous le Second Empire, des opinions républicaines et anticléricales ; il transmit l'amour de la République et de la libre pensée à sa fille Ernestine, qui devint institutrice et se maria en 1898 avec Louis Bruller, un émigré hongrois rencontré à Paris. À l'âge de quinze ans, ce dernier était parti seul de Budapest à pied pour rejoindre le pays de la liberté, de Voltaire et de Victor Hugo. Il fut naturalisé en 1895 et fonda une maison d'édition

---

la Résistance 1940-1944, Paris, Seuil, 2019. Le recueil d'Aurélie Luneau, *Je vous écris de France. Lettres inédites à la B.B.C., 1940-1944*, Paris, L'Iconoclaste, 2014. La série télévisée *Résistance*, créée par Dan Franck et diffusée sur TF1 en 2014.
1. Julian Jackson, *France, The Dark Years, 1940-1944*, Oxford, Oxford University Press, 2001 ; trad. fr. de Pierre-Emmanuel Dauzat, *La France sous l'Occupation (1940-1944)*, Paris, Flammarion, 2004, p. 291.

populaire, qui diffusait les grands romanciers de son temps. « Comme il arrive souvent, il se montrait plus patriote, Français de choix, qu'aucun Français de naissance[1]. » Radical-socialiste, il se rendait régulièrement au cercle républicain de l'avenue de l'Opéra où il croisait l'élite du parti. Louis Bruller décida de placer son fils à l'École alsacienne, où il fit toutes ses études, du primaire jusqu'au baccalauréat, qu'il obtint en 1920. Cette institution prestigieuse, d'où sortirent bien des élites de la Troisième République, influa beaucoup sur le caractère de Jean Bruller. D'obédience protestante, l'école insistait sur le primat de la conscience morale dans la formation intellectuelle des élèves.

Diplômé ensuite de l'École Breguet en 1923, le jeune ingénieur n'entra pas dans l'industrie, préférant devenir dessinateur. Les Années folles offraient l'occasion aux jeunes artistes d'exercer leur talent dans les nombreuses revues légères qui fleurissaient alors. Tout comme Georges Simenon, il fit ses débuts dans *Paris Flirt,* périodique créé en 1921. Les sollicitations venaient de toute part, y compris de la publicité commerciale. Le jeune homme insouciant, s'adonnant d'abord au pur comique, fut travaillé ensuite par l'angoisse existentielle. Après 1927, il préféra l'exercice de l'humour amer, dénonçant l'absurdité du monde et des vanités humaines, dans la tradition des moralistes français. Il exprima son ironie dans des albums dessinés à tirage limité qu'il fabriqua et édita lui-même jusqu'à la Seconde Guerre mondiale.

---

1. Vercors, *À dire vrai. Entretiens de Vercors avec Gilles Plazy,* Paris, François Bourin, 1991, p. 39-40.

Pacifiste comme beaucoup de jeunes de son époque, il se sentit d'abord peu impliqué dans les affaires du monde, tout en étant favorable à l'entente franco-allemande prônée par Aristide Briand. Au cours des années 1930, sa conscience politique évolua progressivement grâce au réseau d'écrivains dans lequel il s'inséra. Il illustra un ouvrage pour enfants de Claude Aveline, un des premiers à dénoncer le colonialisme. Il croisa Georges Duhamel et Charles Vildrac, contempteurs de l'impérialisme des pays européens. Le communiste Jean Richard Bloch le conduisit à une réunion du Comité de vigilance des intellectuels antifascistes. Son ami Louis Martin-Chauffier l'invita à participer à *Vendredi,* hebdomadaire fondé par des intellectuels de gauche pour soutenir le Front populaire. En juin 1938, il accompagna Jules Romains à une réunion du Pen Club qui se tenait à Prague, traversant une Allemagne hitlérienne qui l'effraya. Après les accords de Munich, il savait qu'il n'y avait de choix qu'entre la guerre et la servitude.

Le refus

Mobilisé en 1939 (fig. 1) comme officier de réserve dans l'infanterie alpine, à Embrun près de Briançon, Jean Bruller fut ensuite déplacé près de Romans-sur-Isère, où son bataillon fut cantonné, avant d'être envoyé en novembre 1939 en Haute-Marne, où, au cours de manœuvres, il se cassa la jambe. Après sa convalescence, il rejoignit en avril 1940 le dépôt du régiment à Romans. Il revint à Paris début mai pour une semaine de permission. C'est à Lyon, dans le train qui le ramenait à Romans, qu'il apprit l'invasion allemande déclenchée le 10 mai. Chargé du repliement de jeunes recrues qu'il accompagna dans le Velay, il revint ensuite à Romans où on lui confia une trentaine d'hommes à peine armés. Les Allemands filaient déjà le long du Rhône. Le 17 juin, Jean Bruller fut accablé par la déclaration de Pétain qui invitait à cesser le combat. Voyant que les Allemands leur couperaient la route une fois qu'ils auraient passé l'Isère, il alerta ses supérieurs, inconscients et attentistes, et réussit à replier ses hommes dans le village de Peyrus, au pied du Vercors. Au moins, eux ne seraient pas prisonniers, car on pouvait prendre le maquis dans le Vercors. Cependant, le cessez-le-feu fut proclamé et les Allemands n'ébauchèrent aucune tentative pour franchir l'Isère. Pourtant, les gradés français se félicitèrent d'avoir gagné une bataille qu'ils n'avaient pas livrée et s'attribuèrent des citations. Cette imposture révolta Jean Bruller. Elle marquait pour lui la faillite de la bourgeoisie à laquelle il appartenait, qui s'était déshonorée en signant un ignominieux armistice et en faisant le « choix de la défaite[1] ». Jean Bruller sentait intuitivement ce que de son côté le grand historien Marc Bloch analysait dès juillet 1940 en rédigeant *L'Étrange Défaite*[2]. Comme un certain nombre de ses compatriotes, il exprimait son écœurement devant

---

1. Pour reprendre le titre du livre d'Annie Lacroix-Riz, *Le Choix de la défaite,* Paris, Armand Colin, 2006.
2. Marc Bloch, *L'Étrange Défaite,* Paris, Société des Éditions Franc-Tireur, 1946. Édition de poche, Paris, Gallimard, « Folio », 1990.

l'effondrement et son refus de se soumettre à l'occupant allemand. Il décida tout de suite qu'il ne publierait plus tant que la France serait vassalisée.

Démobilisé durant l'été, Jean Bruller rejoignit Paris puis se rendit près de Saintes, en Charente, où sa femme, Jeanne, et ses jumeaux, François et Jean-Louis, s'étaient réfugiés pendant l'exode. Tous revinrent à Villiers-sur-Morin, non loin de Paris, où le couple louait une maison depuis 1933 (fig. 2). Elle était occupée par un officier allemand, qui accepta néanmoins de la rendre à ses occupants. Jean Bruller opposa un visage froid à la civilité souriante de l'officier, puis décida de ne jamais répondre à son salut lorsqu'il le croisait dans le village. Puisque le dessinateur était déterminé à ne plus publier, il lui fallait prendre les moyens de survivre : planter des pommes de terre, installer un poulailler, fabriquer soi-même son fromage, puis travailler comme employé chez un menuisier de Villiers-sur-Morin.

Il devait également retrouver à Paris des amis qui partageraient son refus, pour s'assurer que rien n'était perdu, qu'on pouvait faire quelque chose, même s'il était désespérant de voir bien des écrivains s'accommoder de la situation ou verser dans la collaboration.

L'engagement

Dès l'été 1940, Jean Bruller renoua avec son ami et mentor Pierre de Lescure[1], qui avait favorisé le

---

1. Pierre de Lescure habitait au 15 de la rue Duguay-Trouin, non loin du 19 de la rue Servandoni, domicile de la mère de Jean Bruller, où ce dernier se rendait quand il arrivait de Villiers-sur-Morin.

lancement de sa carrière d'artiste indépendant en 1926. « À ses yeux, l'unique espoir, c'était l'Angleterre[1] » ; c'est pourquoi, par l'intermédiaire d'un de ses cousins haut fonctionnaire qui renseignait les Anglais, Lescure rentra dans un des réseaux de l'Intelligence Service. Il invita Jean Bruller à s'y engager. Le dessinateur apprit les règles strictes de la confidentialité, puis s'intégra dans une filière destinée à faire passer à l'étranger des agents grillés ou des aviateurs rescapés. Mais une trahison contraignit bientôt à mettre le réseau en sommeil.

Jean Bruller retrouva aussi Jean-Richard Bloch, qui se cachait, en tant que juif et communiste. Ce dernier l'invita à une réunion d'intellectuels chez le poète René Arcos, où il fit la connaissance, entre autres, du professeur Wallon, de Frédéric Joliot-Curie et de Jean Cassou, lequel appartenait, sans qu'il le sache, au noyau des écrivains dans le mouvement de résistance du musée de l'Homme. Tous se réjouissaient des premiers signes d'insoumission, mais s'inquiétaient de la propagande de Vichy, de la collaboration de trop nombreux écrivains, de la complaisance des maisons d'édition françaises et de la reparution de la *Nouvelle Revue française,* dont Otto Abetz, ambassadeur de Hitler à Paris, avait confié la direction à Drieu La Rochelle. C'est alors que Francis Jourdain montra à l'assistance une feuille clandestine qui portait le titre de *Pantagruel,* invitant la France à refuser l'esclavage et à se rallier à de Gaulle. Avec un peu de courage, on pouvait se faire entendre.

---

1. Vercors, *La Bataille du silence,* dans *Le Silence de la mer et autres œuvres,* Paris, Omnibus, 2002, p. 881.

Puis Lescure fit découvrir à Bruller le premier numéro clandestin de *La Pensée libre,* fondée en février 1941 par Jacques Decour, Georges Politzer et Jacques Salomon. Ce n'était plus une simple feuille mais une cinquantaine de pages ! Toutefois le point de vue était exclusivement celui des communistes. Il fallait élargir l'horizon pour intégrer tous les courants de pensée. Les responsables en étaient d'accord et confièrent à Lescure, bien introduit dans les milieux littéraires, la rédaction du troisième numéro. Celui-ci serait entièrement rédigé par Lescure et Bruller afin de détacher la revue du Parti, rassurer les écrivains et les convier à s'engager dans un quatrième numéro. Le dessinateur était invité à prendre la plume. Mais n'en avait-il pas le goût ? Et d'ailleurs n'avait-il pas déjà soumis à Lescure quelques tentatives littéraires ?

Au cours de l'été 1941, Jean Bruller se lança dans l'écriture d'articles et d'une nouvelle qu'il intitula *Le Silence de la mer.* Il fut décidé que ce dernier texte ne serait pas envoyé tout de suite. Heureusement, car la Gestapo fit une descente dans l'imprimerie qui tirait la revue clandestine. Decour et Politzer purent échapper au coup de filet[1] ; ils décidèrent d'abandonner ce type de publication qui mobilisait trop de personnel et de matériel, pour le remplacer par une feuille littéraire qu'ils nommèrent *Les Lettres françaises,* mais dans laquelle une nouvelle comme *Le Silence de la mer* ne pouvait plus trouver place.

---

1. Ils seront arrêtés plus tard, en février 1942, puis fusillés par les Allemands.

Jean Bruller, qui avait édité lui-même ses ouvrages avant la guerre et pour qui la fabrication d'un livre n'avait aucun secret, songea alors à faire de sa nouvelle un volume séparé et à créer une maison d'édition clandestine : « N'était-ce pas ce qu'il fallait en fin de compte pour assouvir les écrivains en mal de parution ? […] Ne serait-ce pas pour l'étranger la preuve de la survivance sous la botte nazie de la vie intellectuelle française ? » Plus qu'une simple feuille, elle « pourrait réveiller le peuple et fortifier sa résistance », témoigner « de la volonté des Français de continuer la lutte », et montrer que « la France, dans le malheur et la violence, savait rester fidèle à son exigence la plus noble : celle de penser juste[1] ». En songeant à un roman de Duhamel, *La Confession de minuit* et à un autre de Marc Orlan, *La Tradition de minuit*, Jean Bruller inventa le nom des Éditions de Minuit. La nouvelle qu'il avait écrite en serait le premier volume.

La fabrication du Silence de la mer

Pour publier *Le Silence de la mer*, il fallait trouver des hommes et des moyens, mettre en place un circuit de fabrication et de distribution, assurer un maximum de confidentialité.

En novembre 1941, Jean Bruller contacta un imprimeur avec lequel il avait travaillé avant la guerre, Ernest Aulard, dont l'atelier se trouvait au 35 de la

---

1. Vercors, *La Bataille du silence*, dans *Le Silence de la mer et autres œuvres, op. cit.*, p. 925.

rue Tournefort (fig. 3). Il s'assura prudemment de ses opinions avant de présenter son projet : un petit volume[1] d'une centaine de pages, sur beau papier, avec typographie soignée, mise en page élégante, couverture repliée. La qualité devait s'afficher fièrement et frapper l'imagination. Cette gageure en temps de restrictions serait « une victoire du goût français[2] ». Ernest Aulard et son contremaître Pierre Doré étaient prêts à s'engager, mais la cinquantaine d'ouvriers de l'imprimerie ne permettait pas d'assurer pleinement le secret.

Une semaine après, Ernest Aulard conduisit Jean Bruller au 88 du boulevard de l'Hôpital. Presque en face de la Pitié-Salpêtrière, devenu hôpital militaire allemand, ils rencontrèrent Claude Oudeville, imprimeur de faire-part qui travaillait seul (fig. 4). Comme il ne possédait qu'une petite machine, sur laquelle on ne pouvait imprimer que huit pages à la fois, il fallait compter douze semaines pour les quatre-vingt-seize pages du *Silence de la mer* ! Ernest Aulard fournit le papier ainsi que de beaux caractères Garamond pour composer huit pages à la fois. Oudeville devait ensuite décomposer, redistribuer les caractères dans la casse, puis recomposer huit nouvelles pages.

Chaque jeudi, Jean Bruller, qui s'était fait connaître à Oudeville sous un faux nom, corrigeait les feuilles tirées et apportait les nouvelles. L'imprimeur travaillait

---

1. Format 16,5 cm x 11,5 cm.
2. Anne Simonin, *Les Éditions de Minuit 1942-1955. Le devoir d'insoumission,* Paris, Imec, 1994, p. 83.

entre midi et deux pour éviter les clients allemands de l'hôpital. Le danger était aussi une sécurité : rien de plus osé et de plus sûr que d'imprimer clandestinement sous les yeux mêmes de l'ennemi.

Pour la mise de fonds, Jean Bruller alla voir son vieil ami André Robillard, banquier avenue de l'Opéra, qui lui fournit les trois mille francs nécessaires.

Il fallait ensuite organiser le brochage des feuilles imprimées. Jean Bruller s'assura le concours d'une amie d'enfance, Yvonne Paraf, qui habitait au 33 de la rue Vineuse, près du Trocadéro. Au cinquième étage, dans sa cuisine, Yvonne et quelques-unes de ses amies cousirent un à un les trois cent cinquante exemplaires qui furent tirés et en collèrent les couvertures (fig. 5).

Comme Yvonne ne devait pas connaître Oudeville, Jean Bruller portait à bicyclette les paquets de feuilles imprimées dans un endroit où il fallait les récupérer. Ce fut d'abord boulevard Raspail, dans des bureaux où travaillait une amie de Pierre de Lescure. Mais très vite, après une alerte, il fallut trouver un endroit plus sûr. Les paquets furent alors déposés au coin de la place Pinel et du boulevard de la Gare (aujourd'hui Vincent-Auriol), dans le café de monsieur Bachelet, à l'enseigne de *La Halte des taxis*. C'est Pierre Massé, un haut fonctionnaire ami d'Yvonne, qui venait les prendre grâce à sa voiture de fonction.

Après que *Le Silence de la mer* fut achevé le 20 février 1942, il fallut organiser sa distribution. Sous un faux nom, Pierre de Lescure avait contacté Jean Paulhan, directeur de la *N.R.F.* avant la guerre, par l'entremise de Jacques Debû-Bridel, alias Lebourg, auteur chez Gallimard, travaillant au ministère de la Marine, et qui renseignait les Anglais sur le mouvement des escadres françaises. Paulhan établit une liste de diffusion du *Silence* dans le monde littéraire. D'autres en dressèrent pour la finance, l'industrie, la magistrature, la médecine, l'université, le monde des artistes. *Le Silence de la mer* incitait les élites à se dresser contre l'occupant et à refuser la collaboration.

Restait à effectuer les livraisons à domicile. C'est alors que Pierre de Lescure alerta Jean Bruller qu'il fallait interrompre la distribution, car un agent de l'Intelligence Service, auquel il avait fait passer un message pour annoncer à Londres la parution du *Silence de la mer*, venait d'être arrêté. Lescure quitta Paris sans donner d'adresse.

Jean Bruller dut attendre de longs mois pour envisager la distribution des exemplaires imprimés. Entretemps, il organisa la recherche d'autres manuscrits pour les Éditions de Minuit et le passage du *Silence de la mer* en zone Sud, tout en reconstituant les liaisons que Lescure avait établies. La diffusion ne reprit en zone Nord qu'à l'automne 1942, grâce au mouvement Ceux de la Résistance de Jacques Lecompte-Boinet, que Vercors connaissait, et avec l'appui d'un transporteur parisien, monsieur Bouharde.

Pour accélérer le rythme de la production des livres suivants, le processus de fabrication fut modifié. La composition fut assurée par Maurice Roulois, linotypiste en chambre installé rue Friant, si bien que le deuxième titre des Éditions de Minuit[1] fut achevé par

---

1. Jacques Maritain, *À travers le désastre,* Paris, Éditions de Minuit, 12 novembre 1942.

Claude Oudeville en douze jours seulement. Puis, un brocheur professionnel, monsieur Vasseur, 3, rue des Fossés-Saint-Jacques, remplaça les petites mains de la rue Vineuse. Enfin, pour augmenter les tirages, l'imprimeur Ernest Aulard reprit la main en 1943, et, jusqu'à l'été 1944, travailla le dimanche à rideaux fermés avec son fidèle contremaître Pierre Doré, le typographe Marcel Bâcle et le pressier Léon Tessier.

Il est toujours possible de visiter à Paris les lieux de mémoire liés au circuit de fabrication du *Silence de la mer*.

Les lieux de mémoire du *Silence de la mer*

Dessin : Pascal Mariette

① Jean Bruller descendait chaque jeudi au 19, rue Servandoni, au 3ᵉ étage, où habitait sa mère, Ernestine Bourbon-Bruller, afin de diriger l'activité clandestine des Éditions de Minuit.
② Au 35 de la rue Tournefort, se trouvait l'atelier d'Ernest Aulard, qui prêta en 1942 le papier et les caractères pour imprimer *Le Silence de la mer*, et qui, à partir de 1943, passa sous ses presses les volumes des Éditions de Minuit. Les bâtiments qui accueillaient l'imprimerie sont toujours visibles.
③ Au 88 du boulevard de l'Hôpital, se trouvait le petit atelier de Claude Oudeville, qui imprima, entre décembre 1941 et février 1942, les exemplaires clandestins du *Silence de la mer*.
④ Les paquets de feuilles imprimées étaient ensuite déposés par Jean Bruller au café *La Halte des taxis*, qui existe toujours, au n° 1 de la place Pinel. Pierre Massé venait ensuite les chercher pour les porter rue Vineuse.
⑤ Au 33 de la rue Vineuse, au 5ᵉ étage, Yvonne Paraf, dans sa cuisine, brocha les exemplaires du *Silence de la mer* et en colla les couvertures avec quelques amies. Durant la guerre, sous le pseudonyme de Madame Desvignes, Yvonne Paraf participa activement à la distribution des volumes des Éditions de Minuit.
⑥ Sur le Pont des Arts, côté Institut, deux plaques commémoratives rappellent l'engagement de Vercors et celui de Jacques Lecompte-Boinet, chef du mouvement Ceux de la Résistance, sur lequel s'appuya Vercors en 1942 pour la distribution du *Silence de la mer*.

La diffusion mondiale du Silence de la mer

Avant de se cacher, Pierre de Lescure avait eu le temps de confier un exemplaire du *Silence* à Jacques Debû-Bridel, qui l'avait remis à Jean Paulhan. Ce dernier le transmit à Robert Debré, membre de l'Académie de médecine, qui avait donné cinq mille francs pour soutenir les éditions clandestines. Le professeur décida de faire dactylographier[1] le texte, qui circula à Paris d'abord sous cette forme.

En décembre 1942, Pierre Seghers apporta un exemplaire du *Silence* à François Lachenal, secrétaire à la légation de Suisse à Vichy, qui décida d'en faire ronéotyper une quarantaine d'exemplaires qui passèrent en Suisse. Le texte y fut imprimé ensuite par Albert Kundig, sans autorisation, car la censure exigeait des modifications. Cela donna naissance à l'éditeur clandestin À la Porte d'Ivoire, qui diffusa également d'autres titres des Éditions de Minuit.

À la fin de l'année 1942, le récit de Vercors parvint aussi à Londres grâce à Claude Bellanger[2] qui en remit un exemplaire à Yvon Morandat, chargé par le général de Gaulle des contacts entre Londres et les syndicats clandestins. Le chef de la France libre décida tout de suite de réimprimer le texte. D'abord publié à Londres à partir de janvier 1943 en feuilleton dans le journal

---

1. C'est sa femme, Élisabeth de la Panouse-Dexia, qui se chargea de ce travail.
2. Sous couvert de ses fonctions au Centre d'entraide des étudiants mobilisés et prisonniers, Claude Bellanger dirigeait le mouvement Maintenir, fondé dès septembre 1940.

gaulliste *La Marseille,* puis dans un magazine français *France-Orient* publié en Inde, il sortit ensuite en livre en juin 1943, augmenté d'une préface de Maurice Druon, et sous l'enseigne des « Cahiers du Silence ». Le premier tirage de dix mille exemplaires fut suivi d'un second de quinze mille exemplaires. Cette édition de Londres parvint à Alger fin 1943, par l'intermédiaire de la valise du ministère de l'Information. L'éditeur Edmond Charlot fut chargé d'imprimer *Le Silence de la mer* à vingt-cinq mille exemplaires. En même temps l'édition londonienne du texte était parvenue au Sénégal où Théodore Monod[1] le faisait imprimer par le Gouvernement général de l'Afrique-Occidentale française.

De son côté, le Political Warfare Executive, service de propagande britannique, décida d'inclure le récit de Vercors dans le numéro 4 de *La Revue du Monde libre,* daté d'avril 1943 ; ce périodique miniature, en papier bible, était destiné à être parachuté par la RAF sur la partie nord de la France. Pas moins de cent quarante-trois mille exemplaires furent ainsi répandus depuis les airs en avril 1943, et le hasard fit qu'il en tomba un dans le jardin de Vercors à Villiers-sur-Morin ! Le titre de la nouvelle, altéré dans cette publication, devint *Les Silences de la mer.*

Réfugié à New York où il avait fondé les éditions Pantheon Books, Jacques Schiffrin, créateur des éditions de la Pléiade, mais licencié par Gaston

---

[1]. Théodore Monod ignorait alors que sous le nom de Vercors se cachait son ami Jean Bruller, un de ses vieux copains de l'École alsacienne.

Gallimard à la suite des lois antijuives, décida en décembre 1943 de rééditer la nouvelle de Vercors aux États-Unis. Il disposait de l'édition de Londres, dont il reprit la préface, et de celle de *La Revue du Monde libre,* dont il recopia le titre erroné.

Ces différentes éditions furent reprises avant la fin de la guerre aussi bien au Québec qu'en Australie, au Liban ou ailleurs. Le texte se diffusa également à partir de la traduction anglaise de Cyril Connolly, sortie en juin 1944 à Londres, chez MacMillan, sous le titre *Put out the Light.* Malgré son faible tirage initial et les difficultés de sa diffusion en France, *Le Silence de la mer* avait rapidement gagné une notoriété mondiale.

Un titre et un pseudonyme

Le titre choisi par Jean Bruller repose sur une métaphore un peu énigmatique. C'est pourquoi Claude Oudeville demanda à l'auteur s'il n'était pas préférable de titrer *Le Silence de la nièce.* La perplexité de l'imprimeur engagea Jean Bruller à rajouter une ligne à son récit évoquant explicitement la mêlée silencieuse des bêtes dans la mer.

L'image habitait l'artiste depuis longtemps :

> C'est une image qui m'a toujours poursuivi : la mer « toit tranquille » comme l'appelle Valéry, si calme et silencieuse sous le ciel bleu, n'en dissimule pas moins la mêlée des bêtes dans les profondeurs, qui s'entre-déchirent, s'entre-dévorent. Ainsi sous le silence de la jeune fille et de son oncle, se trouve toute l'ardeur des

sentiments cachés, toute la violence d'un combat spirituel[1].

En campant une jeune fille déterminée et vertueuse, dont la raison dompte les sentiments, l'auteur reprenait aussi le modèle cornélien de Pauline dans *Polyeucte* (acte II, scène II, vers 503-504) :

> Et quoique le dehors soit sans émotion,
> Le dedans n'est que trouble et que sédition.

Le titre de la nouvelle était également lié aux travaux du dessinateur. Le dernier album de Jean Bruller, publié avant la guerre, s'appelait *Silences* et comprenait huit dessins évoquant des situations de silences pesants. En 1941, quand il fallut s'atteler au numéro de *La Pensée libre,* Jean Bruller dut abandonner son emploi de menuisier et trouver de nouveaux revenus : « J'avais [...] eu l'idée, pour gagner quelque argent, d'une publication à tirage ultra restreint (douze exemplaires) que j'illustrerais à la main et pourrais vendre cher à autant de bibliophiles[2]. » Il commença par illustrer trois contes poétiques d'Edgar Poe, dont le premier s'appelait *Silence*. Ce poème livre une image voisine du *Silence de la*

---

1. Vercors, *À dire vrai, op. cit.,* p. 33. L'image de Valéry est tirée du *Cimetière marin,* repris dans *Charmes,* 1922 : « Ce toit tranquille, où marchent des colombes / entre les pins palpite, entre les tombes / midi le juste y compose de feux / la mer, la mer toujours recommencée » (p. 147).

2. *La Bataille du silence,* dans *Le Silence de la mer et autres œuvres, op. cit.,* p. 919.

mer : « Les eaux de la rivière [...] palpitent éternellement, sous l'œil rouge du soleil, avec un mouvement tumultueux et convulsif. » Le premier ouvrage de la « Collection des douze » fut suivi d'un second, consacré au poème de Coleridge *The Rime of the Ancient Mariner* (1798). Jean Bruller illustra les sept chants du texte, qu'il traduisit lui-même. Les correspondances avec le titre du *Silence de la mer* sont manifestes. Au chant VI du poème de Coleridge, « l'Océan profond » paraît dormir, tandis que de « maintes silhouettes surgirent de l'eau profonde ». Mais dès le deuxième chant, apparaît au vers 110 la métaphore « *The silence of the sea* », dont le titre choisi par Vercors est la traduction (fig. 6).

Quand il fallut se déguiser sous un faux nom, Jean Bruller songea au massif du Vercors qui l'avait tant impressionné en 1939[1]. Ses altières falaises de calcaire et sa grandeur indomptable ne pouvaient mieux convenir pour symboliser l'esprit de résistance. À cela s'ajoutaient des résonances plus anciennes, liées à la sonorité en « or ». En 1930, Jean Bruller s'était rendu au Tréport où les hautes falaises de calcaire avaient déjà frappé son imagination. Enfin, le dessinateur était né le jour du centenaire de Victor Hugo, et son père avait songé à lui attribuer le prénom du poète. « Ce n'est que quarante ans plus tard qu'il ajouta lui-même [Jean Bruller] à tous ses noms celui

---

[1]. Bien avant l'été 1944, durant lequel eurent lieu les combats qui rendirent célèbre le maquis du Vercors.

de Vercors, lequel d'ailleurs sonne un peu comme Victor[1]. »

L'évocation d'un pays de France servit ensuite de modèle à d'autres auteurs des Éditions de Minuit : Forez pour François Mauriac, ou Cévennes pour Jean Guéhenno.

Un sujet

Si le thème du silence était familier à Vercors, le sujet de sa nouvelle lui fut suggéré par une conversation qu'il eut à Villiers avec Jacques Vallette en juillet 1941. Le directeur de l'École alsacienne, anglicisant, aidait alors Jean Bruller à traduire Edgar Poe et Coleridge. Il rapporta au dessinateur la conversation qu'avait entendue à Paris un de ses amis, attablé à un café où deux Allemands parlaient ensemble. L'un d'eux, officier revenu d'une Pologne sauvagement détruite, s'inquiétait de voir ressurgir la France à la suite de l'entente avec Pétain. Mais l'autre le rassura en citant en français un vers de Racine dans *Britannicus* (acte IV, scène III, vers 1314) : « J'embrasse mon rival, mais c'est pour l'étouffer. » Jean Bruller tenait son sujet. Il fallait alerter les Français hésitants ou pleins d'illusions, révéler les véritables intentions de Hitler.

> Je mettrais en scène cet officier allemand, mais je n'en ferais pas un ennemi de la France, j'en ferais

---

[1]. Vercors, *Quatre-vingt-treize* (1952), dans *Le Silence de la mer et autres œuvres, op. cit.*, p. 766.

au contraire un amoureux, [...] croyant sincèrement au mariage des anciens adversaires dans une Europe heureuse, et que la révélation brutale des véritables desseins nazis plongerait dans la stupeur[1].

Vercors inventa Werner von Ebrennac, le meilleur des Allemands possible, qui séduit ses hôtes français jusqu'à presque les convaincre. Il fit passer le mouvement de l'émotion par les sentiments d'une jeune fille qui se tait, reproduisant ainsi la situation qu'il vécut lui-même face à l'Allemand qui avait occupé sa maison de Villiers. Et quand cet officier sympathique serait détrompé par ses propres amis, que ses rêves s'effondreraient, il ne pourrait que se soumettre malgré tout, car « l'immense obéissance allemande était le drame de ce pays, et celui de l'Europe[2] ».

Pour brosser le portrait de von Ebrennac, Jean Bruller s'inspira aussi de quelques Allemands qu'il avait rencontrés avant la guerre ou depuis l'Occupation, et qui manifestaient soit leur espoir d'une entente entre les deux pays, soit leur regret de ne pouvoir lier de meilleurs contacts avec les Français. Von Ebrennac ressemblait enfin à l'officier Ernst Jünger, qui avait consigné ses réflexions durant la campagne de France en 1940, dans un livre intitulé *Jardins et Routes*. Homme raffiné et cultivé, l'écrivain y parlait de la séduction que la France exerçait sur lui. À la lecture du livre, Vercors éprouva néanmoins de la gêne et de l'agacement, considérant Jünger

---

1. *La Bataille du silence, op. cit.,* p. 920.
2. Vercors, *La Bataille du silence, op. cit.,* p. 921.

sinon complice, du moins dupe. L'auteur du *Silence de la mer* laissa entendre que cette lecture avait précédé l'écriture de sa nouvelle[1], ce qui est impossible puisque le livre de Jünger ne parut à Berlin qu'en 1942, et sa traduction française à Paris la même année[2]. L'officier Jünger venait si parfaitement attester le personnage de von Ebrennac que Vercors pouvait se persuader que le premier avait précédé le second, jusqu'à tromper sa mémoire.

Le modèle de la jeune fille qui ne consent « à prononcer à la dernière seconde que l'aumône d'un amour impossible et blessé[3] » doit en partie à l'histoire personnelle d'un amour de jeunesse non déclaré, vécu dans le silence par Jean Bruller et Stéphanie Loeb, une jeune fille qu'il avait rencontrée en 1920 durant des vacances à Combloux. Le dessinateur avait entrepris dès l'été 1940, en attendant sa démobilisation, de transposer cette aventure dans un roman, dont la rédaction lui permit ensuite de maintenir à Villiers-sur-Morin une activité intellectuelle. Il en soumit les premiers chapitres à Pierre de Lescure, le convainquant ainsi de ses capacités littéraires[4].

---

1. *Ibid.*, p. 919.
2. Ernst Jünger, *Gärten und Strassen,* Berlin, Verlag von E. S. Mittler und Sohn, 1942 ; *ibid.,* Paris, Einmalige Ausgabe der Zentrale der Frontbuchhandlungen, 1942 ; *Jardins et Routes,* Paris, Plon, 1942, trad. fr. de Maurice Betz.
3. Vercors, *La Bataille du silence, op. cit.,* p. 921.
4. Jean Bruller abandonna ce projet pour s'atteler en 1941 à la rédaction du *Silence de la mer.* Vercors n'écrira et ne publiera cette histoire d'amour romancée qu'en 1974, aux Presses de la Cité, sous le titre *Tendre Naufrage.*

La maison de Villiers-sur-Morin, où Vercors habitait avec sa famille (fig. 2), sert de cadre à l'histoire[1]. C'est dans ce lieu clos que s'affrontent les trois personnages.

Pour la technique narrative, Jean Bruller prit exemple sur Joseph Conrad, un de ses écrivains préférés, rejetant la description introspective des personnages au profit d'une observation objective des gestes et des paroles trahissant les sentiments.

Le sujet du *Silence de la mer* était enfin commandé par la situation qui prévalait en France dans la zone Nord au début de l'Occupation.

Le Silence de la mer *dans le contexte de 1940*

L'effondrement de la France en juin 1940 plongea la population française dans un état de choc et induisit un sentiment de honte. Mais c'est une erreur de croire que l'armée française fut impuissante[2], laissant après la défaite une population entièrement atone, repliée sur ses besoins vitaux, incapable de réagir. L'historiographie la plus récente rend davantage compte d'une France

---

1. C'est aussi dans cette maison que Jean-Pierre Melville tourna son film *Le Silence de la mer* en 1947.
2. La réalité atteste au contraire la violence des combats de mai-juin 1940 (60 000 soldats français tués, au moins autant côté allemand), les pertes sévères infligées aux forces allemandes, la vaillance et la farouche résistance des soldats français, desservis par la faiblesse de leur équipement et les erreurs du haut commandement (Dominique Lormier, *La Bataille de France jour après jour, mai-juin 1940*, Paris, Le Cherche-Midi, 2010 ; *La Bataille de Dunkerque. 26 mai-4 juin 1940. Comment l'armée française a sauvé l'Angleterre*, Paris, Taillandier, 2011).

éclatée que d'un pays entièrement passé à l'heure allemande. L'accommodement était plus sensible en zone Sud, alors qu'en zone occupée les sentiments hostiles se manifestèrent très tôt dans de larges couches de la population, installant un état de non-consentement favorable à l'enracinement de la Résistance.

Dès le début de l'Occupation, les services de la propagande allemande, sous les ordres de Goebbels, diffusèrent l'image d'un occupant affable et protecteur. Des affiches montrèrent « un bon fritz recueillant des marmots dans ses bras[1] », accompagné du slogan : « Populations abandonnées, faites confiance au soldat allemand ! » Vercors lui-même avait craint en 1940 l'effet que pouvait produire l'image d'Allemands « aimables, empressés, payant rubis sur l'ongle, attentifs et câlins avec les enfants, charitables avec les réfugiés[2] ». La correction allemande relève en fait d'un mythe, car la réalité fut celle de la guerre, même si la violence de la Wehrmacht n'atteignit pas le degré de sauvagerie exercé en Pologne ; malgré tout, beaucoup de civils furent massacrés, surtout dans le Nord et le Pas-de-Calais, les soldats français originaires d'Afrique noire furent mis à mort, souvent dans des conditions atroces[3], et les militaires allemands vécurent sans vergogne sur le dos des populations. D'ailleurs, en dédiant sa nouvelle au

---

1. Jean Cassou, *La Mémoire courte*, Paris, Éditions de Minuit, 1953. Réédition, Paris, Sillage, 2017, p. 21.

2. Vercors, *La Bataille du silence, op. cit.,* p. 813.

3. Johann Chapoutot, Jean Vigreux (dir.), *Des soldats noirs face au Reich. Les massacres racistes de 1940,* Paris, Puf, 2015.

« poète assassiné » Saint-Pol Roux, Vercors mit en avant la brutalité de l'occupant : durant l'été 1940, les Allemands envahirent son manoir de Camaret, abattirent sous ses yeux sa gouvernante et blessèrent gravement sa fille ; le vieil homme, le crâne fendu par un coup de crosse, décéda ensuite à l'hôpital de Brest.

La nouvelle de Vercors se proposait d'alerter les Français, d'éveiller leur conscience. Elle faisait aussi savoir qu'il était possible de refuser la soumission et de préserver son honneur. Le désir de résister face à l'adversité allait de pair avec la clarté du jugement et la détermination, en impliquant aussi une rupture, voire une métamorphose, celle dont Vercors parle dans le texte qui porte ce titre et qu'il avait prévu comme préface à la seconde édition du *Silence de la mer* en 1943.

Résister relevait d'abord d'un sursaut moral et la parution du *Silence de la mer* s'inscrivit parfaitement dans le mouvement de prise de conscience qui se manifesta en France dès le début de l'Occupation. Refus individuels qui se structurèrent ensuite en engagement collectif : la détermination personnelle de Jean Bruller précéda les retrouvailles avec les amis, la solidarité militante et l'engagement organisé.

Le simple refus de parler avec l'occupant peut apparaître de nos jours comme une action bien dérisoire. Mais dans la France désemparée de 1940, c'était un moyen de préserver sa dignité, de manifester son refus : « À l'Allemand que je croise dans la rue. […] Je sais que tu ne seras jamais mon maître. J'affecte de ne pas te voir. Je fais comme si tu n'existais pas. Je me suis promis de ne jamais te parler[1]. » Les signes de l'insoumission en zone Nord prirent des formes variées : refuser la porte qu'ouvre devant vous un Allemand, tourner ostensiblement le dos, siffler et chahuter dans les salles de cinéma, adopter des tenues vestimentaires tricolores, inscrire des graffitis sur les murs, plier des tickets de métro en V de la victoire, écouter la B.B.C… L'occupant ne fut pas sans réagir : amendes, interpellations, fermetures de salles, interdictions de manifester et même condamnations à mort : Jacques Bonsergent paya de sa vie d'avoir participé le 10 novembre 1940 à une bousculade au cours de laquelle un soldat allemand fut frappé. Et la manifestation des étudiants à Paris le 11 novembre de la même année fut violemment réprimée. C'est précisément en ce mois de novembre 1940 que Vercors situe le début de son récit *Le Silence de la mer*. Dès octobre, les rapports préfectoraux en zone Nord soulignaient l'hostilité croissante de la population. En janvier 1941, le constat de l'occupant fut sans équivoque : « La France, assez longtemps découragée, désorientée, désespérée au lendemain de la défaite, commence à se ressaisir. Une conscience nationale revient progressivement au détriment de la volonté d'entente germano-française[2]. » Sans oublier que les manifestations spontanées et symboliques du refus furent accompagnées dès 1940 par la naissance

---

1. Jean Guéhenno, *Journal des années noires, 1940-1944*, Paris, Gallimard, 1947. « Folio », 2014, p. 341.
2. Rapport de situation du MFB (Militärbefehlshaber in Frankreich), en date du 31 janvier 1941 (Archives nationales, AJ 40 443).

des premiers mouvements de résistance organisés, comme celui du musée de l'Homme.

« La merveilleuse union de nos deux peuples »

Le discours de l'officier allemand a pour but de convaincre ses hôtes français des bienfaits d'un nécessaire mariage entre l'Allemagne et la France.

Pour s'attirer leur bienveillance, Werner von Ebrennac se présente comme un compositeur de musique, témoin d'une Allemagne humaniste, et affirme d'emblée son amour pour le pays de Molière, Racine, Hugo et Voltaire, amour partagé avec son père, qui avait espéré la réussite de la politique de rapprochement menée par Aristide Briand et Gustav Stresemann, signataires des accords de Locarno en 1925 : « Il va nous unir, comme mari et femme. » Son père « pensait que le soleil allait enfin se lever sur l'Europe ». L'échec de cette politique[1] justifia alors la promesse que le fils Werner dut faire à son père de n'entrer en France que « botté et casqué ». Désormais, l'officier de la Wehrmacht doit s'efforcer de « vaincre le silence de la France » en lui proposant une heureuse perspective : « Nous ne nous battrons plus : nous nous marierons ! » Afin de motiver sa requête, von Ebrennac illustre son propos avec le conte de *La Belle et la Bête*. La brutalité de l'animal maladroit et rustre cache « une âme qui aspire à

---

1. Dès 1934, André Chamson actait l'échec de l'entente franco-allemande (*L'Année des vaincus,* Paris, Grasset, 1934).

s'élever », et que la belle finit par percevoir. Sa main tendue métamorphose alors la bête en un chevalier « très pur, délicat et cultivé », et « leur union détermine un bonheur sublime ». Mais la suggestion laisse bientôt place à l'injonction : « Maintenant j'ai besoin de la France. Mais je demande beaucoup : je demande qu'elle m'accueille. » La France doit donner sa richesse, offrir son sein, il faut « qu'elle accepte de s'unir à nous ».

Après, l'officier revient sur l'argument de la défaillance allemande en l'illustrant de deux manières. Von Ebrennac évoque d'abord son échec amoureux avec une jeune fille allemande qui a révélé un jour devant lui ses tendances sadiques[1], et qui l'a conduit à éprouver un certain effroi « pour toujours à l'égard des jeunes filles allemandes ». Il passe ensuite du plan personnel au plan politique, en établissant un parallèle avec les membres du parti nazi, auxquels il n'a jamais voulu s'associer malgré l'invitation de ses amis et de son propre frère. C'est ainsi que von Ebrennac peut faire valoir la vertu thérapeutique de l'union : « La France les guérira. [...] la France leur apprendra à être des hommes vraiment grands et purs. » Ce qui présuppose qu'ils ne le sont pas : leur défaut réside dans la solitude qui les conduit à ne plus contrôler leur force. Dès lors ils commandent en maîtres en n'obéissant qu'à la crainte. C'est pourquoi « il faut l'amour [...]. Un amour partagé. »

---

1. Cet exemple s'inspire d'une bonne allemande, employée avant la guerre par le couple Bruller, qui avait dû la renvoyer après avoir constaté ses tendances morbides et sadiques.

L'officier concède alors que la situation de la défaite et de la collaboration constitue un obstacle. Mais la sincérité des intentions allemandes doit faire céder la France. Il faut accepter de « vendre sa patrie », au prétexte que « la plus sordide entremetteuse est ainsi à la base de la plus heureuse alliance ». L'officier se réjouit donc par avance de revoir à Paris ses amis, qui négocient avec Pétain « la merveilleuse union de nos deux peuples ».

Mais la violence du paradoxe, qui fait accepter le sordide pour obtenir le bonheur, impose finalement le pire. Werner von Ebrennac est détrompé par ses amis et son frère qui se rient de lui : « Vous n'avez pas compris que nous les bernons ? [...] nous avons l'occasion de détruire la France, elle le sera. [...] Nous en ferons une chienne rampante. » Le projet allemand est clairement énoncé : « Pour conquérir suffit la Force [...]. Nous devons bâtir pour dans mille ans : d'abord il faut détruire. »

Démuni, von Ebrennac se retrouve amarré aux défauts de l'identité allemande qu'il a lui-même décrits ; aspiré par la solitude de la force obscure qui lui impose la soumission, il rejoindra l'enfer du front de l'Est.

Propagande à la fois séductrice et intimidante, le discours de l'officier était nourri d'un idéalisme et d'un irénisme aveugles. C'est la lucidité sur la réalité de l'ordre hitlérien qui dissipe la tragique illusion de la « merveilleuse union[1] ». Le récit de Vercors

---

1. En 1940, la propagande impose l'expression « Europe nouvelle » pour désigner le continent unifié de force par les armées du IIIe Reich.

dénonce ainsi les leurres de la collaboration, justifie la résistance de la nièce, et montre l'impossibilité du couple franco-allemand[1].

Les propos de Werner von Ebrennac font écho au contexte idéologique de l'époque. En 1940, tandis que Marc Bloch analysait avec clairvoyance la défaite[2] ou que Jean Guéhenno parlait de la « prison européenne[3] », c'est au contraire l'illusion qui guidait nombre d'hommes politiques et d'intellectuels français, zélateurs de l'Europe allemande, quelques-uns par opportunisme, beaucoup par conviction. Ces européistes des années noires, qui s'accommodèrent de la situation ou qui versèrent dans la collaboration active, ne faisaient que rester fidèles à leur militantisme antérieur : « Ils défendirent l'idée européenne comme ils l'auraient fait au temps de Briand et parce qu'elle avait toujours donné sens au reste de leurs convictions[4] ». L'européisme, dont la France fut la

---

1. « On voit poindre très tôt un puissant sentiment anti-allemand, doublé d'une condamnation de la politique de collaboration suivie par l'État français. Ce double rejet, étroitement concomitant, constitue la toile de fond de la transgression, le socle sur lequel les manifestations du refus vont prospérer » (Julien Blanc, *Au commencement de la Résistance. Du côté du musée de l'Homme 1940-1941*, Paris, Seuil, 2010, p. 45).

2. *L'Étrange Défaite*, rédigée dès juillet 1940.

3. Jean Guéhenno, *Journal, op. cit.*, 15 décembre 1940, p. 95.

4. Bernard Bruneteau, *« L'Europe nouvelle » de Hitler. Une illusion des intellectuels dans la France de Vichy*, Paris, Éditions du Rocher, 2003, p. 12. Voir aussi, du même auteur : *Les « collabos » de l'Europe nouvelle*, Paris, CNRS éditions, 2003 ; *Histoire de l'idée européenne au premier XXe siècle à travers les textes*, Paris, Armand Colin, 2006.

terre d'élection, connut son âge d'or entre le traité de Locarno en 1925 et la mort d'Aristide Briand en 1932. Il avait donné « un cadre mental et intellectuel qui variera peu » aux « clercs illusionnés de 1940[1] ». L'idée européenne avait été activement défendue, entre autres, par Jean Luchaire dans sa revue *Notre Temps* (1927-1940), par le député radical Gaston Riou (*Europe, ma patrie*, 1928), le journaliste Bertrand de Jouvenel, confident de Briand (*Vers les États-Unis d'Europe*, 1930), les écrivains Pierre Drieu La Rochelle (*L'Europe contre les patries*, 1931) ou Jules Romains (*Le Couple France-Allemagne*, 1934). La conscience politique d'une Europe unifiée par le biais du rapprochement franco-allemand catalysait toutes les aspirations : pacifisme intégral congédiant l'État-nation belligène, socialisme en quête d'une nouvelle utopie, juridisme et économisme de l'État moderne déléguant sa souveraineté à une autorité technique. Autant de rêves cultivés par une élite minoritaire, comptant sur la propagande pour mobiliser des masses peu concernées par ces spéculations ; mais avec une telle conviction maintenue depuis les années 1920 que l'heureuse alliance lui parut advenue en 1940. L'Europe ne pouvant s'unifier que par la force, l'hégémonie allemande possédait la vertu de la faire accoucher. Comme le suggère Ebrennac, il suffisait ensuite de collaborer à l'Histoire pour l'humaniser. Ces européistes illusionnés préférèrent ainsi embrasser leur désir enchanté plutôt que de saisir la réalité de la tyrannie qui s'imposait.

---

1. Bernard Bruneteau, « *L'Europe nouvelle* » *de Hitler, op. cit.*, p. 219.

NOTE SUR LA PRÉSENTE ÉDITION

« Le Silence de la mer » est précédé par « La Métamorphose », préface écrite par Vercors pour la seconde édition clandestine de sa nouvelle, parue en juillet 1943. Mais l'auteur se ravisa au dernier moment, car il lui apparut dangereux de faire savoir qu'il n'était pas un écrivain de profession.

Les autres récits et nouvelles sont classés de manière chronologique, en fonction de leur date de parution.

« Désespoir est mort » parut clandestinement aux Éditions de Minuit le 10 avril 1943, sous le pseudonyme Santerre, dans le recueil des *Chroniques interdites.*

« La Marche à l'étoile » fut aussi publié aux Éditions de Minuit, le 25 décembre 1943. La nouvelle transpose l'histoire du père de Vercors, Louis Bruller, émigré hongrois d'origine juive, parti à pied à l'âge de quinze ans pour rejoindre Paris et le pays de la liberté, de Voltaire et de Victor Hugo. Vercors s'était demandé comment son père, qui était mort en 1930, aurait réagi s'il avait vécu jusqu'à la guerre ; comment le républicain d'adoption et de cœur qu'il était aurait vécu son arrestation, en tant que juif, par des gendarmes français.

« Le Songe », écrit en novembre 1943, fut publié à Lausanne en Suisse dans la revue *Traits,* datée du 14 juillet 1944 (n° 6-7, numéro spécial). Informé par un rescapé des cruautés nazies au camp d'Oranienburg, Vercors évoque l'horreur concentrationnaire sous forme de rêve, car, à ce moment-là, il n'avait pas encore la possibilité d'attester la véracité de ces faits qui dépassaient l'entendement.

« L'Impuissance », paru aux Éditions des Francs-Tireurs partisans du Lot en 1944, pose la question de l'art sous l'angle de l'éthique. On y voit le personnage principal détruire sa bibliothèque après le massacre d'Oradour-sur-Glane.

« Le Cheval et la Mort », publié en 1945, fait apparaître Hitler à Paris en 1941 sous les traits d'une allégorie de la Mort.

« L'Imprimerie de Verdun » fut édité à Paris en 1946, dans *Épreuves dans l'ombre,* par le Groupe parisien de l'Imprimerie clandestine, Paul Hartmann et Jacques Haumont. Le récit traite de l'appropriation des biens juifs par des concurrents sans scrupules.

« Ce jour-là » parut en 1947, dans une brochure éditée pour les enfants des fusillés. La nouvelle adopte le point de vue d'un enfant pour évoquer les graves périls que couraient constamment les résistants.

BIBLIOGRAPHIE

Les albums de Jean Bruller

21 Recettes pratiques de mort violente, à l'usage des personnes découragées ou dégoûtées de la vie pour des raisons qui, en somme, ne nous regardent pas, précédées d'un petit manuel du parfait suicidé par J. Bruller, usager des chemins de fer de l'État, Paris, 19, rue Servandoni, 1926. [Réédition : Rome, Portaparole, 2010.]
Hypothèses sur les amateurs de peinture à l'état latent, Paris, chez l'auteur, 1927.
Un homme coupé en tranches, Paris, Paul Hartmann, 1929.
Le Mariage de Monsieur Lakonik, Paris, Paul Hartmann, 1931. [Réédition : Rome, Portaparole, 2011.]
Ce que tout rêveur doit savoir de la méthode psychanalytique d'interprétation des rêves ; suivi d'une nouvelle clé des songes avec vingt aquarelles de l'auteur représentant les rêves typiques, Paris, Creuzevault, 1934.
L'Enfer, Paris, Aux Nourritures Terrestres, 1935.
Visions intimes et rassurantes de la guerre, Paris, Aux Nourritures Terrestres, 1936.
Silences, Huit estampes dessinées, gravées, imprimées et colorées à la main par Jean Bruller, Villiers-sur-Morin, 1937. [Édition critique sous le titre *Les Silences de*

Vercors : Alain Riffaud, Le Mans, Création & recherche, 2002.]

Les Relevés trimestriels, 160 dessins, Paris, 15 fascicules, 1932-1934, 1935, 1938. [Édition critique sous le titre *La Danse des vivants* : Alain Riffaud, Le Mans, Création & recherche, 2000.]

Les illustrations de Jean Bruller

Anatole France, *L'Île des pingouins*, 4 illustrations – bois de fil, Salon des Artistes indépendants, 1923.

Jean-Baptiste Gresset, *Vert-Vert*, 4 illustrations – bois de bout, Salon des Artistes indépendants, 1923.

P. Mathieu, *À Guer... comme à la guerre*, 1924.

Alphonse Crozière, *Frisemouche fait de l'auto*, Paris, Éditions Enfantines Citroën, 1926. [Réédition : Rome, Portaparole, 2011.]

Hermin Dubus, *Pif et Paf, les deux garnements*, Paris, Fernand Nathan, 1927.

Hermin Dubus, *Pif et Paf naviguent,* Paris, Fernand Nathan, 1928.

Hermin Dubus, *Pif et Paf chez les cannibales*, Paris, Fernand Nathan, 1929.

Jean Montaigne, *Les Mirifiques Pérégrinations de Fifi-Tutu-Panpan à travers le ciel*, Paris, Fernand Nathan, 1928.

Alphonse Crozière, *Loulou chez les nègres*, Paris, Fernand Nathan, 1929.

Edgar Allan Poe, *Le Corbeau*, s.l., 26 février 1929.

André Maurois, *Deux Fragments d'une histoire universelle*, Paris, Paul Hartmann, 1929.

André Chamson, *Compagnons de la nuée*, Paris, Paul Hartmann, 1930.

Rudyard Kipling, *Puck, lutin de la colline*, Paris, Paul Hartmann, 1930.

Rudyard Kipling, *Comédie en marge du monde*, Paris, Paul Hartmann, 1930.

André Maurois, *Patapoufs et Filifers*, Paris, Paul Hartmann, 1930. [Réédition : Paris, Albin Michel, 2014.]

Samuel Sylvestre de Sacy, *Dix Légendes en marge du livre*, Paris, Creuzevault, 1930.

Jean Racine, *Les Plaideurs*, Paris, Pour les Bibliophiles du Palais, 1932.

Henri Raymond, *Pétanque de Toulon*, Paris, Paul Hartmann, 1932.

André Antoine, *En Scène ou les plaisirs du théâtre*, Paris, Roger Dacosta, 1934.

Paul Silva-Coronel, *Couleurs d'Égypte*, s.l., 1935.

Claude Aveline, *Baba Diène et Morceau-de-Sucre*, Paris, Gallimard, 1937.

Paul Reboux, « Commanditaires », dans *Gala du commerce et de l'industrie, organisé par l'association des anciens élèves de l'École des hautes études commerciales*, Paris, Arts et métiers graphiques, 9 juin 1937.

Edgar Allan Poe, *Silence* suivi de *Ombre* et *L'Île de la fée*, Villiers-sur-Morin, chez l'auteur, 30 avril 1942. [Édition critique sous le titre *Les Silences de Vercors* : Alain Riffaud, Le Mans, Création & recherche, 2002.]

Samuel Taylor Coleridge, *The Rime of the Ancient Mariner*, Villiers-sur-Morin, chez l'auteur, avril-décembre 1942. [Édition critique sous le titre *Les Silences de Vercors* : Alain Riffaud, Le Mans, Création & recherche, 2002.]

Vercors, *Les Divagations d'un Français en Chine*, Paris, Albin Michel, 1956, 70 dessins de Jean Bruller et 20 photochromies.

William Shakespeare, *Hamlet*, Paris, Éditions Vialetay, 1965, traduction de Vercors, 24 eaux-fortes de Jean Bruller.

Vercors, *Je cuisine comme un chef*, Paris, Seghers, 1976, dessins de Jean Bruller.

Les ouvrages de Vercors

Le Silence de la mer, Paris, Les Éditions de Minuit clandestines, 1942.
Désespoir est mort, Paris, Les Éditions de Minuit clandestines, 1943.
La Marche à l'étoile, Paris, Les Éditions de Minuit clandestines, 1943.
Les Morts (poème), dans *Chroniques interdites*, Paris, Les Éditions de Minuit clandestines, 1943.
La Patience (poème), dans *L'Honneur des poètes*, Paris, Les Éditions de Minuit clandestines, 1943.
L'Impuissance, Éditions des Francs-Tireurs partisans du Lot, 1944.
Le Songe, dans *Traits,* Lausanne, juillet 1944.
Oradour (poème), dans *L'Éternelle Revue*, 1944.
Le Cheval et la Mort, dans *L'Éternelle Revue*, 1945.
L'Imprimerie de Verdun, dans *Épreuves de l'ombre*, Paris, Groupe parisien de l'Imprimerie clandestine, 1946.
Le Sable du Temps, Paris, Émile-Paul Frères, 1945.
Agir selon sa pensée, dans *Les Lettres françaises*, n° 135, 1946.
Les Armes de la nuit, Paris, Les Éditions de Minuit, 1946. [Réédition : Paris, Seuil, 1997.]
Portrait d'une amitié, Paris, Les Éditions de Minuit, 1946.
L'Enfant et l'aveu, dans *France Illustration littéraire et théâtrale*, n° 1, 1947.
Ce jour-là, Paris, brochure éditée pour les enfants des fusillés, 1947.
Les Mots, Paris, Les Éditions de Minuit, 1947.

Petit Pamphlet des dîners chez Gazette, Paris, Aux dépens de l'auteur, 1947.

Les Yeux et la lumière, Paris, Les Éditions de Minuit, 1948.

Plus ou moins homme, Paris, Albin Michel, 1950.

La Puissance du jour, Paris, Albin Michel, 1951. [Réédition : Paris, Seuil, 1997.]

Les Animaux dénaturés, Paris, Albin Michel, 1952. [Réédition : Le Livre de Poche, 1960.]

Les Marais du silence, Paris, Gallimard, 1954.

Les Pas dans le sable, Paris, Albin Michel, 1954.

Colères, Paris, Albin Michel, 1956.

Les Divagations d'un Français en Chine, Paris, Albin Michel, 1956.

Pour Prendre Congé (PPC), Paris, Albin Michel, 1957.

Sur ce Rivage : I. Le Périple, Paris, Albin Michel, 1958.

Sur ce Rivage : II. Monsieur Prousthe, Paris, Albin Michel, 1958.

Goetz, un écrit sur l'art, Paris, Musée de Poche, 1958.

Sur ce Rivage : III. La Liberté de décembre, suivi de *Clémentine*, Paris, Albin Michel, 1960.

Les Castors de l'Amadeus, dans *Les Lettres françaises*, n° 816, 1960.

Les Enfants de Pompéi, dans *Les Lettres françaises*, n° 847, 1960.

Lazare aux mains vides, Zurich, plaquette collective à Charles Veillon, 1960.

Sylva, Paris, Grasset, 1961.

Zoo ou l'assassin philanthrope, Paris, TNP, 1963. [Réédition : Paris, Magnard, 2003.]

Les Chemins de l'Être, Paris, Albin Michel, 1965.

Questions sur la vie à messieurs les biologistes, Paris, Stock, 1963.

Quota ou les Pléthoriens, Paris, Stock, 1966.

La Bataille du silence, Paris, Presses de la Cité, 1967. [Paris, Les Éditions de Minuit, 1992.]

Le Radeau de la Méduse, Paris, Presses de la Cité, 1969.

Les Contes des cataplasmes, Paris, Presses de la Cité, 1970. [Paris, Éditions G-P, 1989 ; Paris, Larousse, 2008.]

Le Fer et le Velours. Un mensonge politique, Nîmes, Théâtre populaire du Midi, 1970.

Sillages, Paris, Presses de la Cité, 1972.

Sept Sentiers du désert, Paris, Presses de la Cité, 1972.

Comme un frère, Paris, Plon, 1973.

Tendre Naufrage, Paris, Presses de la Cité, 1974.

Ce que je crois, Paris, Grasset, 1975.

Je cuisine comme un chef, Paris, Seghers, 1976. [Réédition : Paris, Bourgeois, 1991.]

Les Chevaux du Temps, Paris, Tchou, 1977.

Camille ou l'enfant double, Paris, Éditions G-P, 1978. [Réédition : Paris, Pocket, 2006.]

Sens et non-sens de l'Histoire, Paris, Galilée, 1978.

Le Piège à loup, Paris, Galilée, 1979.

Assez mentir ! (avec Olga Wormser-Migot), Paris, Ramsay, 1979.

Cent Ans d'Histoire de France : I. Moi, Aristide Briand, Paris, Plon, 1981.

Cent Ans d'Histoire de France : II. Les Occasions perdues, Paris, Plon, 1982.

Cent Ans d'Histoire de France : III. Les Nouveaux Jours, Paris, Plon, 1984.

Anne Boleyn, Paris, Perrin, 1985.

Le Tigre d'Anvers, Paris, Plon, 1986.

L'Étincelle, dans *Corps écrits*, n° 21, 1987.

À dire vrai. Entretiens de Vercors avec Gilles Plazy, Paris, François Bourin, 1991.

Le Commandant du Prométhée, dans *Lettre internationale*, n° 30, automne 1991 (posthume). [Réédition : Rome, Portaparole, 2010.]

Le Grenier d'Armor, Paris, Éditions Michalon, 1997 (posthume).
Le Petit-Louis. Souvenirs d'enfance, Paris, Le Touquet, Saint-Amand-Montrond, Arles, Portaparole, 2017 (posthume).

Adaptations et traductions

Jozsef Attila, *Poèmes choisis*, Budapest, Éditions Corvina, 1961 [adaptation du poème *Le Compte est prêt*].
William Shakespeare, *Hamlet*, Paris, Vialetay, 1965.
Sophocle, *Œdipe*, Paris, Perrin, 1970.
István Örkény, *Chat*, Paris, Gallimard, 1974.
William Shakespeare, *Macbeth*, Paris, Galilée, 1978.
Christopher Hampton, *Ah ! Hollywood*, Arles, Actes Sud, 1985.
Roy Lewis, *Pourquoi j'ai mangé mon père*, Arles, Actes Sud, 1990.

Biographie

Alain Riffaud, *Vercors, L'Homme du silence*, Arles, Portaparole, 2016.

Fonds Vercors

Le fonds Vercors est déposé à la Bibliothèque littéraire Jacques-Doucet, 8, place du Panthéon, 75005 Paris (www.bljd.sorbonne.fr).

Le Livre de Poche s'engage pour l'environnement en réduisant l'empreinte carbone de ses livres. Celle de cet exemplaire est de :
150 g éq. CO₂
Rendez-vous sur
www.livredepoche-durable.fr

Composition réalisée par PCA

Achevé d'imprimer en septembre 2024, en France sur Presse Offset par
Maury Imprimeur – 45330 Malesherbes
N° d'imprimeur : 278328
Dépôt légal 1ʳᵉ publication : février 2018
Édition 06 – septembre 2024
LIBRAIRIE GÉNÉRALE FRANÇAISE – 21, rue du Montparnasse – 75298 Paris Cedex 06

36/2572/2